ひとすじの愛

松平みな

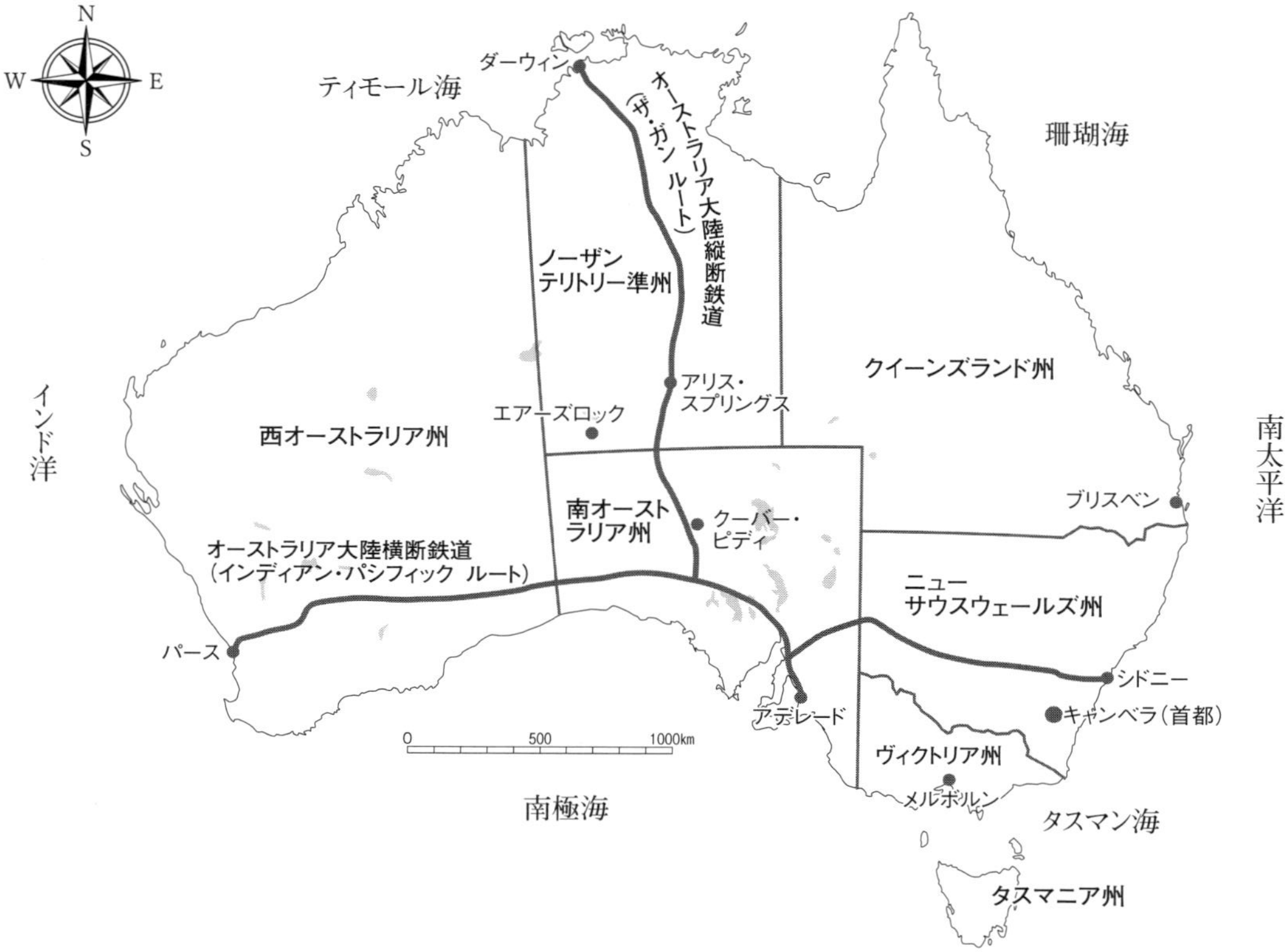
N
W
E
S
ティモール海
ダーウィン
オーストラリア大陸縦断鉄道
（ザ・ガン ルート）
珊瑚海
ノーザン
テリトリー準州
クイーンズランド州
インド洋
アリス・
スプリングス
エアーズロック
西オーストラリア州
南太平洋
ブリスベン
南オースト
ラリア州
クーバー・
ピディ
オーストラリア大陸横断鉄道
（インディアン・パシフィック ルート）
ニュー
サウスウェールズ州
パース
シドニー
アデレード
キャンベラ（首都）
0
500
1000km
ヴィクトリア州
メルボルン
南極海
タスマン海
タスマニア州

目次

遠い日々

一

大都会東京の大森建築設計事務所の設計室で、机の上から顔を上げた今泉イネは、机を並べた隣の室長・本田に、言うともなしに独り言とも思えるような声でボソリと呟いた。

「あのう……、世の中には……十人居れば、十人違うんですねぇ」

本田は顔だけをイネに向けて、じいっと暫くイネを見つめていた。

「ああ……」

答えたきり、辛そうな仕草で机の上の図面に目を戻した。


あの目は、痛ましい者を見るかのようだった。

二十数年も前のことを思い出し、本田四郎の困ったような顔を思い浮かべながらイネは、午後の陽射しの中、オーストラリア中央部の砂漠地帯をゆったり走る列車ザ・ガンの中から、窓の外の赤い大地を眺める。

長い年月が経った今になっても、一つ一つがこんなに鮮やかに、まるで昨日のことのように浮かんでくるのは何故だろうか、と自問しながら。

本田は何時でもイネに優しく、兄が妹に対するように目立たぬように庇ってくれた。あの会社で頑張れたのは、彼が上司だったから。

長い間自分の心の奥底に大切に仕舞っておいた宝の珠を、そうっと取り出して目の前に置いてみる。その宝への長年の想いを確かめてみたい、今一度その宝を現実に見たいと願う。すると、心の中から湧き出るような懐かしさで、今一度会いたいと願っている自分が見える。

これから先も独りで生きて行くために、会って話しておきたい。この国オーストラリアで生きた二十二年間、心から離れることのなかった人、やっぱりただ一人の人だったと。

熱い想いは一万キロの彼方へ届くだろうか。燃えるような想いを抱えるイネを乗せて、列車は真っすぐに続く線路を南へ南へと、茫洋と広がる赤い大地を両側に引き分けてひた走る。

二十六年前、オーストラリア大使館の移民担当官ブラウン氏に初めて会った日のことを思い出してみる。オレンジ色のエアーズロックが表紙になった本、重く厚みのあるオーストラリアの写真集を胸に抱いて、雨の中を会社へと向かった。ブラウン氏が何故あの写真集をくれたのかは解らないが、あの日が、私の人生の分水嶺だったのだと思う。

この度、イネは初めてエアーズロックを訪ねている。そしてオーストラリアに渡る前の、日本のことばかりを思い出している。

「戻ったらすぐに、明日にでもヘレンに話してみよう。日本へ行きたいって。思い切って本田さんに会いに行かなければならないって」

今日のイネは普段と違い、しっかり決意しているのだとばかりに声に出している。自分に言い聞かせでもするように、一人で頷きながら呟いている。

さまざまな人々に助けられてここまで生きてきた。ここからは、自分の人生にきちんと区切りをつけて、歩いて行くしかあるまいと思う。

父親が死ぬまで助言し続けた生きるための愛。誰かを愛することの美しさを説き続けた父親の深い愛情。できるならば私も、ただ一つの愛を確かめてみたいと思う。そんなことができるだろうか。あまりに遅過ぎる、あまりに。我ながら心の自立の遅さが恥ずかしく、自嘲してみても過ぎた日々は帰ってはこない。


先ほど出発したのは、オーストラリアのほぼ中央に位置するアリス・スプリングスの駅で、エアーズロックに観光で来る人々が、列車や飛行機を乗り継ぐ町である。エアーズロックの空港からも飛行機は出ているが、列車はこのアリス・スプリングスの駅が始発となる。

列車ザ・ガンは、南オーストラリア州の州都アデレードとアリス・スプリングスを経由して、ノーザンテリトリー（準州）の州都ダーウィンまでオーストラリア大陸縦断、二千九百七十九キロメートルの鉄道である。悠々と真っすぐ続く線路を今、南へと走っている。この列車の旅は人気だ。

もう一つ有名な列車にインディアン・パシフィックがある。こちらはオーストラリア大陸横断鉄道である。ニューサウスウェールズ州シドニーから西オーストラリア州パースまで、全長は四千三百五十二キロあり、縦断鉄道より更に千三百七十三キロ長く、シドニーとパース間を三泊四日で運行している。その名の通り、西側のインド洋と東側の太平洋を繋いでいる。


アリス・スプリングスの駅での待ち時間、ベンチに座ってぼんやり考えごとをしていると、オーストラリア先住民アボリジニの子供たちが、ボールを追いかけてホームに入ってきた。小学生くらいだろうか。そしてあっという間に、イネの前を全員が駆け抜けて行った。

その中の賢そうな顔をした小さな女の子が戻ってきて、イネの前に立ち止まる。ニコッと笑ったかと思うと手の中に握りしめていた土の塊のような物を差し出した。イネが両手を少女の前に出すと、その掌の上に赤い土の塊を載せた。あまりに熱心に見るイネの眼に照れたのか、またニコッと笑って皆を追いかけて走って行ってしまった。

少女がしっかりと握りしめていたのだろう。赤い土の塊には手の温もりが残っている。大地の赤さをそのままに、イネの掌の中でも赤く温かい感じがする。見た目よりしっかりと固い。

列車の窓から入る光にかざして眺めているうちに、色は更に深い趣を感じさせてくれるようだ。自然のものの持つ温かさなのだろう。

アリス・スプリングスは、先住民のアボリジニの人々が多く住む町としても知られていて、自然の石や土を使って描く素晴らしい絵画は、色合いが特別であり、観る者に自然の大地の温もりを感じさせてくれる。癒される自然色とでもいうのだろうか。

特に穏やかで温かい色使いと伝統的デザインは、世界中から絶賛されていて、各地の美術館にもたくさん展示されている。イネ自身もよく美術館の展示場へ出向いている。

列車ザ・ガンは昼過ぎ、一時前にアリス・スプリングスの駅を出発して、真っすぐ南のアデレードへ向かって走っている。明日の朝九時半に到着予定である。イネの乗っている車両は、全て個室のグリーン車で、昼間はソファーになっているが、夜はベッドに形を変える。

イネの知っている日本の列車は、遠くまで超高速で走る新幹線と、東京の通勤列車などの地下鉄と山手線だけである。誠に少ない列車の旅の経験しかなかった。

二十二年前にオーストラリアからイネを迎えに来た父親とともに、京都と奈良そして広島を五日間旅した。初めて乗る新幹線に父親は眼を輝かせながらも、戦後の焼け野原だった日本を思い出していたのだろうか。窓の外を眺める父親の横顔を今も忘れることができない。

イネも日本を離れる前に、京都と奈良の古い建物を見たかった。日本人でありながら京都や奈良をよく知らないのは、人に訊かれた時に示しがつかないと思ったのだ。

今乗っているザ・ガンと、昔乗った新幹線を比べて思わず笑う。ここオーストラリアでは、五分や十分の差など誰も気にしないから。州によって時差もあるし、東と西では国内でも二、三時間の時差がある。ほぼ同じ経度のブリスベンとシドニーでさえも、夏時間を採用するかしないかで一時間違ってくる。

今日ではもちろんのこと、イネが住んでいた頃からきちんと時間通りに動いている日本社会の、信頼を裏切られない時間の共有が、イネ自身とても好きなのだ。こののんびりゆったりの社会と、時間通りに進む社会、相反するようだが、どちらもしっくりとくる文化の重みを感じてしまう。

飛行機に乗らず列車でと考える旅人たちは皆、時間をそれほど気にしないで楽しんでいるようだ。この列車ザ・ガンも、遅れて出発したけれど、誰も苦情を言っているようには思えない。

ほんとうに、どうしてこんなに大地が赤っぽいオレンジ色なのだろう、私は何を求めてここまで来てしまったのだろうなどと、つまらないことばかり考えているイネとは大違いに、他の乗客たちは皆、このゆったり走る列車の旅をエンジョイしているようだ。

ラウンジになっている車両のソファーには、既に数人が座って寛いでいる。イネの前では、アフターヌーン・ティーの準備をしているシェフやウェイターたちも楽しげに、肉を削りサラダを並べ、形や材料の違う数種類のパンをそれぞれの籠に分け入れたりと、手も口も忙しく動いている。

ぼんやりと列車の中の人々を眺めながら、取り戻すことのできない思い出の中に戻ってゆく自分を感じていた。

二

成田空港から、まるで見えない糸に引かれるようにして飛行機に乗り込んだのが、オーストラリアへの初めての旅となった。イネが三十歳の誕生日を独りで祝った日のことだ。そして、イネの人生はその日を境に少しずつ、日本から離れてゆくことになったのである。

イネは都立高校を卒業して、新宿に本社を構える一流建築会社の下請けの大森建築設計事務所に入社した。入社当時は事務員とは言いながらも大した仕事はなく、電話の取り次ぎと雑用係をしていた。

設計室に移ったあとは、トレースを主にしながら設計室の一番端で黙々と仕事をしてきた。次第に、本田室長の下で設計も任されるようになっていった。

母の妹である叔母・今泉路子に出してもらった高校までの学費などを、二十四歳の時に全額返して気は楽になったが、叔母や従兄妹たちと、日帰り小旅行にさえ出かけることはなかった。会社の人たちのように、海外に旅行したりもしなかったから、親しい友人もできないままに、若い十代と二十代を過ごしてしまった。

二十歳を過ぎた頃、それまでの焦燥と孤独から抜け出たあとは、人生がつまらないなどと考えることはあまりなかった。何時も、自分の人生はこんなものだと思えるようになっていたから。

たった一人の叔母はイネに優しく、とてもよくしてくれる。

「お金は返さなくていいから、人並みに旅行に行ったり、若いのだからもっと楽しんで暮らしなさい」

事あるごとにそう言う叔母は、姉であるイネの母・舞子と比べて、自分だけが幸せになった負い目があるかのようだったが、イネは、心温まる気持ちでこの叔母を尊敬していた。


イネは、太平洋戦争後のベビーブームの終わった頃に生まれた。朝鮮戦争が始まってすぐに、母・舞子はいまだ戦後の混沌とした暑い夏の東京を避け、知人を頼って涼しい山間の田舎町に行き、ひっそりとイネを生んだのだ。昭和二十五（一九五〇）年の八月三十一日の朝であった。

小学校の四年まで、叔母の家の離れで母と一緒に暮らしていた。大きな母屋を持つ屋敷は、母と叔母が生まれ育った家である。

当時イネと母が住んでいた離れは、元々曾祖父母の隠居所として建てたものだと聞いたことがある。渡り廊下で母屋と繋がっていて、食事も風呂もみんな母屋まで行かなければならなかったが、玄関とトイレだけは離れにあって便利だった。

叔母の夫は婿養子で、家業の大和屋を継いでいる今泉真。長男が真一郎という男の子、下には政子、奈美子、祥子の三人娘がいて、イネは長女の政子と同い年だった。イネは何時も、母屋で従兄妹たちと遊んだ。従兄妹たちと一緒にとる食事は美味しくて楽しかった。

子供の頃は、叔母が子供たちの前に座って、五人の子供に食事をさせたが、叔母が用事で留守にした日など、イネの母が前に座っていることがあり、気恥ずかしいような、嬉しいような気持ちと同時に、イネ自身、母に対して素直でないことも感じ始めていたように思う。

反抗期などというようなものではなかった。イネに優しくて何時でも守ってくれていることが嬉しいのに、叔母の家族のように何でもあって幸せなことへの羨望だったのかもしれない。子供心に、母と叔母とを自然に比べていたのかもしれない。

従兄妹たちは何時でもイネを庇って、近所の苛めっ子たちにイネが苛められないように気を配ってくれた。特に真一郎と政子は、従兄妹というより弱い妹を庇うように、何時でも優しかった。

そんな楽しい日々はあっという間に終わって、小学校四年の冬休みに突然引っ越した。浅草橋から南に少し入った所にあるアパートで、母と二人だけの暮らしになった。

昨日までの叔母の家のように、賑やかで華やいだ感じはもう終わったのだと思うと悲しくて少し涙が出てきたが、母に見られるのが嫌で、本を読む振りをしたものだった。

それでもイネには、嬉しいことが一つあった。電車に乗れば紀尾井町の叔母の家まですぐに行けるから、何も心配はないのだと安心できることだった。

中学校二年生の二月、唐突に不幸がイネを襲った。木枯らしが吹き付けるような厳しさで襲いかかってきて、颪に薙ぎ倒された枝のように地面に叩き付けられる感覚だった。

三学期も残りひと月ほどに迫った頃、母は風邪をひいて苦しそうに寝込んでしまった。それでもイネが粥を作りその中に梅干を入れて出すと、「美味しいねぇ」と言ってくれ、母の言葉が嬉しくて張り合いがあった。風邪で寝ている母親を看るという、むしろ晴れがましいような、役に立っているという喜びがあった。

床に臥してから十日ほど経っても一向によくなる様子がなく、不安になったイネは叔母に知らせようかと言ってみたが、母から、風邪だから心配は要らないと言われ安心していた。

寒い日の午後だった。学校に緊急の連絡が入り、飛ぶようにして家に戻ると、叔母の家の手伝いをしている加代という人が待っていてくれた。二人ですぐにタクシーで病院へ向かうと、叔母も叔父も、母が寝ている病室に居てびっくりした。

イネは、叔母たちの座っている前を駈けるように通り抜けて、母のベッドの枕元まで行って膝を折り、顔を近づけて小さな声で話しかけた。

「お母さんどうしたの。気分悪いの。今夜はまたイネが美味しいお粥さん炊いてあげるから、一緒にお家に帰りましょう」

母はイネの手をとって自分の胸の上に置いて静かに泣いた。何も言わなかった。見ていられないほど苦しそうに咳き込んだりもして、いっそうイネを不安にした。

その後は、医者と看護婦たちが忙しく動き回っていて、子供のイネにも異常な感じが伝わってきて、恐ろしくなった。

夜も更けた頃になって、母が呼んでいるかすかな声がした。すぐに膝をついて枕元に顔を寄せると、手を出してイネの顔と頭を撫でるように抱いて、少し苦しそうだったがはっきりした声で言った。

「……イネ、ごめんね」

少し顔を上げて、母の閉じた目から流れる涙を見ていた。涙が耳に入らないように、ポケットからハンカチを出して、そうっと母の頬を伝う涙を拭いた。子供のイネにも、母が遠くへ行ってしまう不安と予感はあった。

暫くして、医長らしい医者が何か言った途端、叔母が泣き崩れてしまったから、イネにも母が今亡くなったのだと解った。身体が一方向に傾いていくような妙な感覚があった。

人の命がこんなに呆気なく終わるものとは、どうしても思えなかった。

叔母がイネを抱いて泣いている。漸く今起きていることを心も身体も理解したような緊張が、イネの中を駆け巡った。母が亡くなったのは自分の所為ではないかと、何故だか訳が解らない後悔に襲われて、――お母さんごめんなさい、お母さんごめんなさい――と心の中で謝りながら泣き続けた。

同時にイネは、自分の中に住む不思議な、得体の知れない悲しみから逃げきるには、自分も母の所に行くしかないと思うが、どうしたらよいのかが解らなかった。

どうして母と自分だけが、こんな酷い人生になってしまうのだろう。神様は私たち親子を必要としなかったのだろうか。でも何故……母も私も何にも悪いことはしていないのに。

イネは心の中で母に向かって問いかけた。

――お母さん、イネを助けて。これからどうすればいいの――

その時、叔母が泣きはらした赤い目で、イネの肩に手を置いた。

「イネちゃん、お母さんと一緒にこれからお家に帰るのよ」

ごく自然に比べていた。

――叔母さんは妹なのに何でもあって、幸せなのに――

叔母は、母を病院から叔母の家に連れて帰り、葬式も初七日も取り仕切り、全部面倒を見てくれた。中学二年生は三学期もあと少しだから、今すぐ転校しなくてもいいではないかと、イネが拝むようにして頼んでも「ダメダメ」とえらい剣幕で押し通し、母の葬儀後すぐに叔母の家に引っ越すことになった。

叔父の真は会社の建て直しに今は大忙しのようで、イネのことは全部叔母に任せていた。夫婦で話しているのを廊下で聞いてしまったことがあった。

「すまないねぇ路子、大和屋の将来が懸かっているから、今度の仕事は正念場だ。イネのことは頼むよ」

初七日が終わった夜、泣いた顔を見られるのも嫌だったし、あまりお腹も空かないので、その夜は夕飯は要らないと叔母に断った。

教科書を眺めてみても一文字も頭には入ってこないし、すぐに母の顔が浮かんできてしまう。これからは何が起こっても、母が助けてくれることはもうない。

「お母さん、どうしてイネを独りぼっちにして逝ってしまったの。これから私はどうすればいいの」

机の上の写真に話しかけてみても、写真の母は黙ってイネを見ているだけで答えてはくれない。

「お母さんの居る所に私も行きたい。お母さんお願い、何時ものようにイネを迎えに来て」

母親の死は日が経つほどにイネの心を鷲掴みにし、足元から這い上がってくるような孤独が、身体ごと冷えていくような実感となって中学生のイネを怯えさせた。

イネが母親のことをほんの少しだけ理解したのは、母の葬儀が終わって、再び叔母の家に引っ越したあとだった。

母との親子の絆がどれほど深いものだったか。毎朝校門の前まで送ってくれて、帰りも門の前の欅の下で待っていてくれた。学校から母と一緒に帰る時が、イネは一番好きだった。

着物姿の美しい母が大好き、でも少し照れくさくて言葉にはできなかった。きれいな母が誇りだった。一緒に歩いていると、母は何時もイネだけが私の宝だと言ってくれ、嬉しくてスキップになった。もう母を見ることも声を聞くことも二度とないのだ。

まさに身体を張って守ってくれたと思う。私が生まれたために、母の苦労が始まったのではないだろうか。イネは自分が罪を犯しているみたいで落ち着かず、存在そのものを消したいとも思った。もうこれで悲しいことなど何も起きないのだと思った途端、襲ってきた深い悲しみと、独りぼっちになってしまった絶望感に、迸るように涙が頬を伝い落ちた。鼻の奥から突き抜けるような、すっぱいものが込み上げてきた時、激しい憤りとともに、自分の出生を心から呪った。

四十九日の法要が終わった夜も、何も考えられず茫然と母の写真の前に座っていた。突然、後ろの障子が開いて、叔母が大きな風呂敷包みを抱えて入ってきた。

「イネちゃん、いい?」

「……」

「これねぇ、お母さんの形見なのよ。何か起きた時にイネに渡してねって頼まれてたの。ずいぶん前に頼まれたのだけれど……。その時は二人とも笑いながら、妹だからあとに残るとは限らないわ、なんて話したけれど、まさかこんなに早く……」

横にそっと座った叔母の涙声を聞きながら、叔母さんはもしかして私より母の死を悲しんでいるのではないかと思った。やつれた叔母の顔を流れる涙を見ていた。自分も今まで泣いていたことは忘れて、叔母の悲しみだけが伝わってきた。

「こんなに叔母さんを悲しませてはいけないいじゃない……」

小さく口の中で母の写真に文句を言っていた。

「イネちゃん、叔母さんはこの箱の中は見たことがないのよ。しっかり封がしてあったから、預かるだけでそのまま忘れていたの」

机の上の写真に向かって手を合わせたままの叔母の静かな声に、すぐには返事ができなかった。

「イネちゃん、大丈夫?」

心配してこちらを向いた叔母に、イネは黙って頷くのがやっとだった。

「開ける時、一緒に居てあげてもいいのよ」

「……」

「イネちゃん、あなた……何を考えてるの？」

「叔母さん、私のお父さんはアメリカ人なの？」

イネは叔母の顔を見なかったが、一瞬息を止めたようだった。ゆっくりと顔を横に振って言った。

「アメリカ人じゃないの、イギリス人よ。いえ、オーストラリア人かしら」

「…………」

「確か、イギリス海軍の将校さんだったと聞いているわ。でも詳しいことは何も知らないのよ。ごめんね、イネちゃん」

イネは、自分の父親はアメリカ人だと心の中で決めていた。というより、その他の国が頭に浮かばなかったのだ。

髪の毛はくるくるとカールして、瞳の色は青みがかって、肌は透きとおるように白く、背も高い。これでは誰が見たって半分は外国人の血だと判ってしまう。

母と二人、あの小さなアパートで四年間も暮らしたのに、とうとう母には訊けなかった。理由は解っている、ただ怖かったのだ。

「イネちゃん、今夜はもう遅いし、明日の朝、一緒に開けましょうね」

「…………」

「そう、その方がいいわ。今夜はよしましょう」

叔母は一人で決めて、風呂敷包みを持って立ち上がった。イネは思い切って叔母に声をかけた。

「叔母さん、私、大丈夫だから……。お母さんのその箱、一人で開けてみたいから置いてって……」

「イネちゃん、あなたねぇ、お母さんのことをきっと誤解するわ。まだ中学生だもの、叔母さんと一緒に開けましょうね。ね、ね、そうしましょう」

「今更、誤解も理解もないじゃない。お母さん……もう居ないもの」

「……そうね、そういうことよね。お姉さんは何時だって何だって私に、あとお願いねって言ってたから」

イネは初めて叔母の声に、何時もの優しさとは違う何かを感じた。叔母は黙ってイネを見下ろしていたが、風呂敷包みをそっと降ろすと出て行った。背後の障子がパチンと乾いた音を立てて閉まった。


イネの戸籍に父の名は無い。生まれた時から母しか知らない。父親という人に会ったこともなければ名前も知らずに、小学校を卒業し中学校に通った。母との小さなアパートでの生活は、困ったことなど何もない日々だったが、父のことを訊いてみたいと思ったことは数え切れないほどあった。

だが、どうしても口に出すことができなかった。父という言葉が母を苦しめ、悲しませることが判っていたからだ。

それなのに今、突然、もしかしたら母は私に、父のことを話したかったのかもしれないと思ったのである。

「あなたに言っておかなければならないことがあるのよねぇ」と、母の声が聞こえたような気がしたから、箱を一人で開けてみようと思い立ったのだ。

新しく転校した中学校にはとうとう通わずに二年生を修了して、三年生になった。これからは気持ちも新たに勉強に励むからと叔母に我が儘を言って、学校と話してもらったのだ。

叔母が、どのように話したかは知らないが、問題なかったようであった。無事に三年生になれたのは、前の学校で母の危篤連絡以前には、一日も欠席をしなかったし、成績もまあまあだったからかもしれないなどと、自身で勝手に納得したことを覚えている。何十年も経った今になると、あの時のほんとうの理由は何だったのだろうかとも思うが。

さまざまなことが自分の意図とは全く違って、他人の力によって過ぎてゆく自分の人生を、イネはオカシイと思うのだが、それが何故かは解らなかった。

小学生の頃も中学生になってからも、笑いながらイネに近づいてきて、耳の傍まで口を寄せて、吹き込むように替え歌を歌う子もいた。

授業の始まる前の教室で、皆で替え歌を合唱しているのを聴いていながら、教師は何も言わず注意もしなかったし、苛められて当然という態度をとり続けた教師も多かったのである。

中にはイネに優しい担任もいて、クラス内で何時も庇ってくれた。小学校三年生の時には、苛められることが少なかった。その先生だけは、イネは忘れないで今でも覚えている。森下先生という。イネの母の年頃だったと思うが、クラスの一人一人に優しかった。

森下先生の他は、一切記憶から消えてしまっている。そんな小学生と中学生時代だった。母が生きていた頃、毎日校門の前で待っていてくれることだけが安心で嬉しかったものだ。さすがに高校生になってからは、あからさまな苛めは目立って減っていったが、違和感のような落ち着かない感じは何時もイネについて回った。

それでも耐えることだけは早く学んだし、自分の不幸を人の所為にはしてこなかったような気がするが、果たしてそうだっただろうか。何時も逃げ回っていたのではなかったか。悲しいことに遭う前に、悲しいことが起こらないようにと。

三

列車のラウンジ車両で、午後二時半から始まったアフターヌーン・ティーで出されたミルクティーを飲んでいると、ブライアンとパトリシアが話しかけてきた。エアーズロックのリゾートホテルで知り合った、イギリスから観光で来ている老夫婦である。

二人は最初、イネをリゾートで働いているツアーガイドだと思ったらしく、ここに住んでどのくらいになるのか、家族はあるのか、などと話しかけてきた。イネは、自分は少しツアーガイドには歳をとり過ぎているのにと可笑しかった。

ただの観光で来ていること、キャンベラから南オーストラリア州のアデレードに引っ越してきたので、そのついでに一人で観光に来ているのだと説明すると、この夫婦は、帰りはこの列車でアデレードまで行って、そこからバスツアーでオパールの町・クーバー・ピディを見学したあと、パースから南アフリカのヨハネスブルクへ飛ぶと話してくれた。誠に大らかである。偶然、同じ列車になったようだ。

小学校の教師だったというパトリシアは、先生らしい丁寧な話し方で、イネにも子供に話すように目を見て話す。そのイギリス訛りが父親と一緒だから、耳に心地よく響く。

ブライアンは、デパートの仕入れ部門の部長だった人で、何処か垢抜けた感じの老紳士だ。孫が六人も居るのだと言って自慢する。世界中で変わらないことが一つ、それは孫がこの上なく可愛いことだと、孫たちを自慢する祖父母の幸せな顔は、何とも微笑ましい。

同じ年に定年退職して年金生活に入ってからは、二人で世界中あちこちを見て回っているのだと言う。次はインドと中国に行く予定だとも。

イネは立ち上がり、数種類のケーキやチーズ、果物などが載っているテーブルへと向かった。ブライアンとパトリシアに、クラッカーの上にいろいろなチーズが載った皿と、三種類のケーキの皿を席に持ち帰り、さあどうぞと勧めながら訊いてみた。

「クーバー・ピディでは、オパールを買うの？　それとも見つけに行くの？」

「もちろん大きいのを見つけに行くのよ」

「見つかったらそれを元手に、次は宇宙旅行に出かけるんだ」

二人は身を乗り出すようにしながら、冗談とも本気ともとれる真剣な声で答える。チッと舌を鳴らしてウィンクが返ってきたところで、二人とも同時に吹き出していた。

いいなぁ、この幸せ。単純で明快で、何の拘りもなく夫婦で楽しめる退職後の人生。一緒に行きたいと思うほど、スーッと心が和んでくる。

背の高い金髪のウェイトレスが、ブライアンにはコーヒーカップを、パトリシアとイネには紅茶のカップを置いて、ニコッと笑って隣の四人グループのテーブルに移って行った。器用そうな左手の長い指でペンをクルクル回転させながら、飲み物は何がいいかと訊いている。四人がワインを注文したのが聞こえた。

お茶とケーキと、他愛もない話をしながらティータイムを過ごし、自分の客室に戻った時には、明日からアデレードの妹ヘレンの望むような形で会社を設立し、共同経営者となることに同意しようと、はっきりとした形で心が決まった。

何かを決めなければならない時、何時も頭に浮かぶのは遠い昔のことである。

高校三年生の三学期、クラスの半分くらいは、大学入学試験で緊張していた頃だった。私立大学は入試の終わった所もあるが、国立大はこれからという時期で、クラス内が進路別のグループ分け状態になっていた。そんなある日、イネは担任に呼ばれた。

叔母が担任の橋本先生に、叔父が経営している会社で働くよう勧めてほしいと頼んだかもしれないと疑っていたイネは、就職先をもう少し考え直してみないかと言われることを想像して気が重かった。黙って帰宅する訳にもいかず、午後の授業中は断る理由ばかり考えていた。

放課後、しぶしぶ職員室の担任を訪ねると、すぐに立ち上がって校長室のドアをノックし、イネを押すようにして校長室に入った。高橋校長は、待ちかねたような顔で椅子を勧めてくれたが、イネは緊張して立っていた。

校長と担任は、顔を見合わせて頷き合い、担任の橋本がイネの顔に目を戻してから切り出した。

「就職することは知っているが、君、大学へ行く気はないかね」

「…………」

「学校側としても惜しい気がしてね。君は三年間一度もトップの五番から外れたことがないんだよねぇ。

ある有名私立大学に推薦枠が一つ有るのだが、君、大学で勉強してみないかね。英語に関しては、三年間ずっと学年で一番だったし、数学も国語もトップだし、どうかね、大学へ行かないかね」

その瞬間、イネの足は半歩ずつ後ろへ下がっていた。

「推薦枠も奨学金の下りるものだから是非、推薦したいんだ」

「…………」

「校長も君ならと言ってくださるんだがねぇ。どうだろうか。

一度考えてみてくれないかね。君の叔母さんに相談してみようと思ったんだが、君の気持ちを先に確かめたくてねぇ」

「…………」

「どうかね、良い話だと思うがねぇ」

呆然と担任の顔と動いている口を眺めていたが、漸く悪い夢から覚めたような感覚が戻ってきた。

「……はい」

イネは高橋校長に深々と頭を下げてから、担任に向き直った。

「ありがとうございます。でも、もう就職すると決めていますので、大学には行きません。すみません、先生」

もう一度、二人にお辞儀をして、その姿勢のまま校長室のドアの所まで下がるように、顔を上げずに出ようとした。すると、担任が慌てて飛んで来てイネの腕を掴んだ。先生は必死にさえ見えた。高橋校長も歩み寄ってきて同じことを言った。

「君に大学で勉強してほしいんだ。君なら誰にも負けない良い教師になれる」

イネは今までの自分の人生で、こんな恐ろしい言葉を聞いたことがなかった。

教師になるなんて、一日中、人の目に晒されるなんて、考えるだけで気が遠くなりそうだった。生徒たちに、仲間の教師たちに、そして親たちに見つめられるなんて。とんでもない話だった。

結局大学には行かず、叔父の経営する大和屋は考えるだけで気が重く、大手建築会社の下請け子会社の、大森建築設計事務所に合格して入社し、退職するまで十六年勤めた。

入社当時はいわゆるお茶汲みと雑用係で二年半過ごし、設計室に移ってからは、出来上がってくる図面のコピーと、時々トレースをさせてもらえる程度の仕事になった。

その後はトレースが専門になり、十年後には物によっては設計を任されることもあって、遣り甲斐を感じることもあったのだが、詳細の打ち合わせなどで、机を囲み近間に人の目が迫ってくると、やはり背中の辺りから、訳の解らない違和感に悩まされたこともあった。

それでも、後半の十年間は良い上司に恵まれた。仕事も快適とまではいかなかったけれど、好きな設計も時には任せてもらえて、本田室長自ら半人前のイネを一緒に現場に連れて行ってくれることもあり、作業服を着てヘルメットをかぶると、一人前になったような気がしたものだ。

この本田と居ると、子供の頃、従兄妹たちが自分を庇ってくれたのと同じような温かさを感じることが多かった。会ったことのない父への憧れもあってか、当時二十八歳だったイネにとって初めて異性に感じる、淡い憧れだったのかもしれない。

それから、何年も一緒に仕事をしていると、素敵な奥さんがいて、女の子二人の父親だから、家でも温かい人なのだと、イネは益々尊敬の気持ちが湧いてきて本田を見るようになっていた。一方で、イネの目が何時も足元を見ていること、音を立てない歩き方など、何故か痛ましいものを見るように、彼が自分を見ていることも感じ取っていた。

上司といっても僅かに三歳ほどの違いだから、年齢的には同僚と言ってもおかしくはないが、彼は設計室の室長で、大学院を卒業した一級建築士の免許を持った超一流の技師だから、格が月とスッポンほども違うのだ。

会社でのトレースの仕事は嫌いではないし、設計は特に嬉しくて楽しいと思える仕事だったから、一日も休まず元気に働いていた。仕事が充実すれば、自ずと他のことも行動的になるものなのだろうか。

イネは二十九歳の誕生日に誓いを立てた。

――お父さんを捜しに行ってみよう――

来年の三十歳の誕生日にオーストラリアに行ってみようと決めた。年次休暇がいっぱいあるから早くから頼んでおこう。英語も何とか通じるほどは話せるだろうと、自分自身に言い聞かせた。

住所は、母が遺した父からの手紙の封筒に几帳面に記してあったから、地図で調べてある。南オーストラリアの州都アデレードから、南へ下った半島の中ほどの町である。

中学校二年生の冬に母、舞子が突然肺炎で逝った。その時に叔母の路子から、以前から預かっていたという形見の箱を受け取って以来、何十遍いや何百遍、写真と手紙を眺めたことだろう。

箱の中には、数え切れないほどの絵葉書もあり、裏には日付と短い文章が書いてある。日付を確かめると、イネが生まれる四年も前であるが、ほとんど毎日のように、絵葉書をエアメールで母に送っている。それが丁度三ヶ月間だけで終わっているのである。その後は不思議なことに一枚の絵葉書も、手紙も無い。

大きな身体をした人が、赤ん坊を抱いている白黒の写真が一枚だけある。たぶんこれが父と自分だろうと思う。

三ヶ月間集中してカードが届き、その四年後に自分が生まれているのである。これは一体どういうことなのだろうと考えてみるが、イネに解る訳もないので諦めた。それでも何かミステリーのような幻想が浮かんできて、取り留めのない空想が広がって、慌てて打ち消すこともあった。

白黒のその写真を一日に何回も眺めたし、一日中眺めていた日もあった。この一枚だけは叔母にも見せないでおいた。

形見の中にたくさんある写真は、従兄妹たちとの写真が一番多く、何時も笑っている。イネが生まれた山間の町で、皆が小町ちゃんと呼んでいた少女の写真も結構たくさんある。イネは、二人でお揃いのひらひらスカートの水着を着ているのが、一番好きだ。

小町は太って小さく、イネはひょろひょろと痩せて、既にこの頃から少し背が高い。二人とも何が可笑しいのか、大口を開けて笑っているのだ。写真のイネは何時でも嬉しそうで、笑っていない写真など一枚も無い。

小さい頃の写真を眺めると、私ってこんなに明るい子供だったんだと嬉しく懐かしい。きっと写真を撮る時は笑わなければと考えていたのだろう。

母と二人一緒に写っている写真はいっぱいあるが、父と母とで写った親子三人の写真は一枚も無い。もちろんどんなに考えても思い出一つ無い。

このたった一枚の他には、父と一緒の写真など無かったけれど、中学生だったイネは、この一枚の写真を母の写真の横に立て掛けて話しかけると、親子三人の時間が現実に現れてくるようで嬉しかった。

高校生になった頃からは写真に話しかけるようなことはなくなったが、何時もお守りのように鞄に入れて、持ち歩いていた。

四

イネにとって、もう一つ不思議な一枚の写真がある。兄の写真である。叔母の家の仏間の、欄間の下の長押に掛けてある。

母の形見の中には一枚も無い。母が写っている写真を、一枚一枚丁寧に探してみたが、兄らしき少年も乳児も写ってはいない。ほんとうにあの写真の少年は兄なのだろうか、という疑問が抑えきれなくなって、とうとう口に出してしまったのが、千代田区からの新成人を祝う通知を受け取った日から十日後の夜の、祝いの席だった。

従姉妹の政子と色違いの洋服を着て、政子の新車に便乗して家を出たが、夕食まで時間があるから、何処かの神社に寄って、成人のお参りをしようということになった。走っているうちに靖国神社の前に出た。

「ここにしましょう」

政子が言い、二人で神妙に手を合わせお参りしたあとになって、イネはふと口にする。

「あれぇここ、成人になった人がお参りする所じゃないわね」

「いいじゃない何処でも。神社なんだから」

「そうね、神様はみんな同じよね」

政子は小さなことなど全く気にしない、誠に大らかな性格であるから、イネも政子と一緒に居ると、少し気持ちが大胆になるのだ。

それでもまだ時間がたっぷりある。

「お父さんの会社に寄って行きましょうよ」

政子が提案して、イネも賛成した。

従兄妹の真一郎は既に大学を卒業し、父親の経営する大和屋に入社して一生懸命働いていた。父親が引退したらすぐに真一郎が社長になるのだから、当然ではあるが、家の中での真一郎とは少し違って、かなり大人に見えたしちょっとだけ偉く見えた。


イネは叔母の家族と食事に出かけるのをずっと断ってきたが、今日は特別な日だと叔母に説得されて、政子と一緒に出かけてきたのである。

政子は自分の車を運転して何処にでも出かけて行ける勇気のある大学二年生で、明るくて活発だし、イネはこの従姉妹をたいへん誇りに思っている。

叔母の家族六人にイネが加わり、成人の日を祝って特別な夕食となった。銀座のレストランの奥にある畳敷きの部屋には床の間がついている。早咲きの椿が、見事な投げ入れで活けてあった。

イネも政子と一緒に、二十歳になったプレゼントを叔父から受け取ると、二人で同時に恭しく頭を下げた。その仕草が可笑しかったのだろう。奈美子と祥子が大笑いして釣られたように皆笑った。温かく和やかな雰囲気の中で食事をしながら、イネは、斜め前に座っている叔父と叔母の顔を交互に見て、真っすぐ叔父に向き直って、長い年月気にかかっていた疑問を、ほとんど吐き出すような勢いで口に出していた。

「私のお兄さん、生きていたら今年で幾つになるんですか」

皆一瞬呆然としたようだったが、一呼吸おいたあと、叔父が口を開いた。

「イネより十歳上だから、今年は三十歳になるねぇ。悲しいことだった」

少しの間、天井を見て思案している様子だったが、ゆっくりと続けた。

「イネも二十歳になったんだから、ほんとうのことを知ってもいいだろう。今夜は丁度よいチャンスかもしれない。その日が来たようだ」

会席料理の最後に、女将が挨拶に来た。

「今日はお嬢さんお二人の成人のお祝いと承りました。謹んでお祝い申し上げます。今夜はお赤飯にさせて頂きました」

丁寧なお辞儀のあと障子が閉まり、お膳の上には赤飯と赤出汁と香の物が載っていた。叔父は杯を擱いて、静かに慎重な物言いで話し始めた。

お姉さんは既に嫁に行って居ないので、妹の方が大和屋を継ぎ、見合いをしてお互いが気に入れば、婿養子になるのだと聞いたのが初めだった。私は嫁入り前のお姉さんを全く知らなかったが、とにかく見目良い美人で賢くて、そういう人は大抵威張った感じが多いのだが、お姉さんは優しい人だから皆に好かれていたという。長女だし婿の口が山ほどあったのに、どういう訳かあっという間に嫁に行ってしまったと聞いていた。

その後、私は次女の路子と見合いをし、婿に来たからねぇ。イネもお母さんに似て、きれいだからなぁ。

叔父の今泉真は、緊張しているこの部屋の雰囲気を和らげるように、笑いながら冗談ぽく言って、また話し出した。

女学校を出てすぐの時に、本所の老舗の嫁にと、遠い親戚のお仲人さんから話があって、お舅さんもお姑さんも当時ずいぶんと悩んだり、人にも相談したらしいね。長女を嫁に出し、次女に跡を継がせることにも、何処かに心の引っかかりがあったそうだ。

結局お姉さん自身が、家には妹が居るから大和屋は妹に任せて、自分は本所に嫁に行くと決めてしまったんだよ。イネ、お母さんはそういうあっさりしたところのある人でね。物事は深く考えても成るようにしか成らない。全ては成るようにしか成らないから、逆らっても仕方がない、というような考えを持っていたようなんだ。実際にお姉さんに聞いた訳ではないから、正しいかどうかは今も判らないけれど。

もちろん運命論者とかいうようなものではなくて、ごく自然に、社会の中での自分の位置を踏まえて行動できる人だったと思う。控え目だが毅然としたところがあって、人生の大きな節目には、必ずご自分で決断された。実際には、逆らえないことの方が多かったのだけれどね。

ところが、この本所の老舗か何か知らないが、嫁ぎ先がとんでもない家で、莫大な借金を抱えて今にも潰れそうな状態だったんだ。よくある話で、息子は母親の言いなりで、大和屋に借金を再三頼み込んできたらしい。頼むというよりは恫喝に等しかったそうだ。当時、大和屋もそれほど裕福ではなくなっていたからねえ。思うようには貸せなかったらしいんだよ。


「おいおい、大丈夫かい？」

「……はい」

「気分良い話じゃないからねぇ。嫌だったら話は止めてもいいんだよ」

叔父は青い顔になったイネを見て、心配そうに言った。

「はい、もう大丈夫ですから全部聞かせてください」

「そうかい、じゃ続けるよ」


本所の姑は人間じゃなかったようだ。借金がこれ以上できないと知ると、生まれたばかりの博之君を残して出て行けと、お姉さんに離縁を迫ったのだよ。籍を抜かれて、お姉さんは泣く泣く大和屋に戻ったんだ。

息子は、あの鬼ばばあが怖くて何にも言えないで、おろおろしてたそうだが、お姉さんが一人だけ信頼できる、通いのお手伝いさんの千恵子さんという人が居てね。その人が子供を少し前に産んで、母乳も心配がないということで、博之君のことを頼み込んで帰ってきたんだ。可哀想に、お姉さんは毎日泣いていたそうだよ。

ところが、良いことが起きてね。その千恵子さんが時々博之君を連れて、大和屋まで会いに来てくれるようになったんだよ。もちろん隠れてね。

大和屋では、感謝してもしきれないほど有り難くて、千恵子さんが困らないようにとお金も渡したり、お世話になるお礼をしたんだ。世の中に良い人はいっぱい居るからねぇ。

博之君は幸せだったとは言えないが、この人のお陰でずいぶんと助けられたからねぇ。千恵子さんが大和屋に来てくれる日は、いっぺんに辺りに光が射すように明るくなったと聞いているよ。

博之君が四歳の時に、私は大和屋の婿になったんだ。

私は、中国で戦っていた時に命令が出て、移動中の上海で負傷してしまったから東京に帰っていた。骨が砕けていたから回復に時間がかかってね。脚が悪いのでもう兵隊に行くこともないからと、薦められたお見合いを受けたんだよ。

この話は耳にタコができるほど、お前たちみんな聞かされたはずだ。私はその日のうちに、婿になることに決めたんだよ。戦争中だったから、派手な結婚式はしなかったけれど、私は良い家の婿になったと感謝したよ。今でもその気持ちに変わりはない。

しかし、出戻りのお姉さんが居るという話は聞いていなかったから、正直言ってびっくりしたが、脚の傷がまだ痛く、酷く引きずりながら歩く私に「大丈夫ですか、痛くはないですか」と、何時でも優しい声をかけてくれてねぇ。ご自分の不幸など決して顔には出さなかった。

毅然としている中にも、本物の優しさのある人だと思ったね。

昭和二十年の正月を過ぎると、近所でも歯の抜けたような状態でね。家を閉めて疎開する人々や、子供だけでもと言って疎開させる家庭が多くなってきた。うちでも考えない訳ではなかったのだが、ぐずぐずしているうちに三月になってしまってね。

あの日の昼過ぎだった。お姉さんが「新しい防空頭巾を博之のために縫ったから本所まで行ってきます」と言うので、私も丁度お茶の水の知り合いに用事があって、一緒に出かけたんだよ。

酷く風の強い日で寒かったから、風邪をひかないようにと厚着をしてねぇ。二人ともえらく着膨れて出かけたんだ。

お茶の水の聖橋の所で、運転してくれた中田さんにお姉さんは「ありがとう。ここでいいわ」と言って、坂の手前で車から降りて駅の方に歩いて行った。それから十日間、お姉さんは行方が判らず、家にも戻らなかった。

実際には戻れなかったんだけれどね。みんなも知っているように、その夜中に、アメリカ軍のB二九の大編隊、三百機という物凄い数の飛行機から落とされた焼夷弾爆撃で、一晩のうちに東京下町は焼け野原になった。あれは酷かった。地獄とはあのような所だろうね、きっと。一晩で十万人近い一般市民が死んだんだ。

叔父はしみじみと、叔母に向かって言った。

「忘れられないよなぁ路子、あの朝のことは。地獄だった。二十五年ほど前だがいまだに夢を見る」

叔母の路子も黙って大きく頷いていた。


その翌日、明け方になって、離れに一緒に暮らしていたお姑さんが母屋に来て、路子に「舞子が帰ってきてない」と告げて大騒ぎになった。

夜が明けてすぐ、車で中田さんに送ってもらって本所に出たが、病院の手前までしか行けなかった。

「夕方にまたここまで迎えに来てほしい」と頼んで、大学病院の横の所から歩いて、不忍池を通り抜けてまだ歩いたんだが、途中から脚が竦んで歩けなくなってしまったんだ。怖くて怖くて、中国で戦争をしてきた兵隊の私がだ。

漸くこの辺りだったはずと思う場所を捜し当てたが、焼けた死体ばかりで気持ちが悪くなって、地面に座り込んでしまったんだ。恥ずかしい話だがほんとうのことだよ。

私は脚の感覚がなくなっていて動けないまま、消防団の人たちが、生きている人が居るかもしれないからと、必死で捜し回っているのを見ていたし、死体を片付ける人たちをぼんやり眺めていた。

寒くて身体の感覚がなくなっていたが、身体の震えが止まらないのはそういうことではなくて、胸の中を冷たい風が吹き抜けて行くような、今まで経験したことのない寒さで、空洞になってしまったようだった。胸を抱えて恐ろしさのあまり震えていた。大の男が立ち上がることも、手伝うこともできずに震えながら蹲っていたのだ。

みっともない話が、こういう場合には必ず骨の砕けた右脚が真っ先に痺れて動かなくなるし、吐気までしてくる。だらしのない男だと思うと、見栄も外聞もなく泣いていた。

暗くなっても一歩も動けなかった。漸く中田さんともう一人、島野さんが、迎えに来てくれたんだ。二人に肩を貸してもらって歩いて、途中で中田さんが車を取りに行ってくれて助かったんだ。家に戻った時はもう夜中を回っていた。

その日、お姉さんは戻らなかった。

明くる日から、手分けして毎日捜し歩いたけれど、もう駄目かと諦めかけた時、山本千恵子さんのお父さんが訪ねて来てくれてね。涙と鼻水で、ぐしゃぐしゃになりながらお詫びするんだよ。

「千恵子と子供たちは助かったが、今泉さんは肺炎にかかってしまった。医者に、助からないかもしれないので家族があれば呼んだ方がいいと言われたが、千恵子はまだ動ける状態ではなく、わしに電報がきたんだ。飛んで来たのだが、それでもこんなに日にちがかかってしまった。申し訳ない」と言ってね。

私はすぐに、軍隊に居た頃の自動車隊の友人に事情を話した。寝かせて連れて戻れるような車で来てくれるよう頼み、千恵子さんのお父さんの案内で迎えに行ったんだよ。

お姉さんは、ちゃんとした布団に寝かせてもらっていた。拾ってきた布団だと、ご主人は背中に小さい女の子を負んぶして苦笑しながら言ったよ。

千恵子さんの家も焼けてしまったが、五日後には避難所を出て、ご主人が焼け残った黒焦げの板などを継ぎ合わせて粗末な小屋を造って、その中で暮らしていたんだ。

「他人と一緒の避難所では、今泉さんが如何にも気の毒だ」と千恵子さんのご主人が、お姉さんを気遣って小屋を造ってくれたそうだ。

お姉さんは毎日のように、本所の家の辺りから距離を延ばして博之君を捜し歩いていて、倒れてしまったということだった。

千恵子さんも右足と右手に大怪我をしていて、包帯でぐるぐる巻きになっていたが、どうして大怪我をしたかは全然覚えていなかった。

あの地獄のような状態では、人は冷静にものを考えるような仕組みにはなっていないのだよ。本能のままに走るんだ、ただ生きるためにね。

死体の山を見て死臭を嗅いで初めて、ああ自分は生き残った、いや自分だけ生き残ったと、恐怖から今度は悲しみで死にたくなる。

誰に、ということはないが、申し訳ないような気持ちにもなるそうだ。千恵子さんのご主人が厳しい顔で話してくれたよ。

兵隊でもない戦闘員でもない女子供と年寄りまで、皆殺しにしたんだからなぁ。酷いもんだ。千恵子さんの家は、見る影もなく焼けて無くなってしまったが、そのご主人が立派で、一番近い防空壕でも距離があったから、もしもの時のために川縁に防空壕とも言えないような穴を掘っておいた。そこへ跳び込ませて上から蓋をして、盛り上げてあった土をかけて守ってくれたそうだ。事前に空気の流れは問題ないと確かめていたようだ。

子供二人と女二人を壕の中へ助けておいて、ご主人は夜明けまで救助活動をしていたという。腕に火傷を負って右手だけで小屋を建てたから、何とはなしに左に傾いちゃってと冗談まで言って、皆を元気づけていたからねぇ。


ご主人と千恵子さんのお父さんが手伝ってくれて、軍の車にお姉さんを寝かせ、千恵子さんと二人の子供も一緒に乗せて、大和屋に帰ってきた。お姉さんはすぐにはよくならなかった。

千恵子さんと子供たちも、桜の花が散ってしまう頃まで、家に居てもらったんだ。その頃には、お姉さんの肺炎も少しずつよくなっていた。麴町から来てもらった医者は、肺炎も然ることながら重症の肋膜炎を併発して、胸と背中の痛みが酷かっただろうと言っていた。それよりも何よりも、心の傷の方が重症だったと思う。激しい痛みと後悔で苦しめられていたようだ。あの日は、お姉さんも千恵子さんも、博之君には会えなかったそうだ。結局夜七時頃まで路地に潜んで、博之君が剣道の道場から帰ってくるのを待ったが、当時はもう剣道の道場というよりは、国を守る子供軍団みたいなものに変わりつつあって、あの夜は姿を見ることができなかったらしい。

千恵子さんに、今夜はもう遅いので帰れないだろうと勧められて、泊まることにしたのだそうだ。

お姉さんは、自分が博之君を見殺しにしてしまったと、あの夜、何とか博之君を連れ出すことができていれば、死なせずに済んだと、長い間思い込んで過ごしてきたんだと思うよ。

家の仏間にある写真は、お正月三日の道場の稽古初めの帰りに、写真館で撮ったものだ。千恵子さんが迎えに行って、博之君があんまり凜々しかったので、思わず写真館に寄ってしまったと言っていたから、よほど若武者みたいに凜々しく見えたのだろうよ。お姉さんは賛成しなかったらしいが、路子が長押に掛けたんだ。

お姉さんが信じていた運命とはおかしなものよ。これが自分に決められた運命だと、少しずつ思い始めたように見えた。少しだけ元気になった夏に、戦争が突然終わった。広島と長崎に原子爆弾を落として、皆殺しにしたあとにね。


博之君も含めて本所の家族四人は、遺体確認ができないまま死亡と報告されたが、お姉さんは、戦後になってもまだ諦めきれない思いで、時々は本所辺りを歩くこともあったらしい。あちらこちらで見る、アメリカ兵の闊歩する姿が許せなかったのだろう。時々、玄関に入るなり号泣するお姉さんを、私たちはどうにも慰めようがなかった。

ある日、お姉さんは博之君によく似た少年を見かけて「ヒロユキー、ヒロユキー」と叫びながら、走り寄って少年の腕を摑んでしまったんだよ。

瞬時に人違いだと判ったんだが、その時には少年の父親らしい人に、思いっきり突き飛ばされて、道路に惨めな姿で倒れてしまった。恥ずかしくて小さくなりながらも、すぐに立って謝ろうとしたが、痛みで立ち上がることができなかった。顔を上げると、親子はもう背を向けて角を曲がって行ってしまったあとだった。

その時、通りがかりの外国の兵士がジープから降りてきて、お姉さんを助け起こして、抱くようにしてジープに乗せようとしたんだ。

お姉さんは怒りと嫌悪で真っ赤になって、バタバタと手を振って叫んだんだ。「人殺し人殺し」と。あんな大声がよく出たと思うくらいの絶叫だったそうだ。

お姉さんはあらゆる方法で兵隊から逃れようと暴れて、兵隊に向かって憎悪剝き出しで刃向かったそうだが、その大きな身体の兵隊は、しっかりとお姉さんを抱きしめていたそうだ。

たぶん泣き喚きながら抵抗したのだと思うが、何しろお姉さんは小さな人だ。いくら抵抗したって、あの大きな身体の腕の長い人には、何ということもなかっただろうよ。

その夕方、玄関にジープが止まり、イギリス海軍の者だという若い人が、お姉さんを抱きかかえて入ってきた。その時にも「人殺し、離せぇ」と叫んでいたけれどね。

「脚、怪我した。軍医、治療した。暴れる、注射する、寝かせた」と、片言の日本語で話す背の高い兵士が、続けて笑いながら言った。「こんな野蛮ヤマトナデシコ、見たことない」とね。

兵士たちはニコニコした顔で出て行った。皆呆然としているうちにジープは走り去り、誰一人見送る者は無く、お礼も何も言う暇は無かったのだ。

私たちは、あとでお姉さんから詳しいことを聞いて事情は解ったのだが、イギリスもアメリカも皆同じだというお姉さんの気持ちを慮って、調査もせずお礼も無しにそのままになってしまった。

それからというものは、お姉さんは博之君の話を全くしなくなった。今まで持っていたはずの写真も、何処かに消えてしまったし。だからあの長押の写真一枚だけになってしまったんだ。

私たちは、お姉さんのあの明るい性格でもって、漸く全てが吹っ切れたと解釈したのだが、もしかして心の奥深く仕舞い込んだだけだったのかもしれない。

親が子供を失う悲しみは、人が生きる中で一番悲しい経験だし、正気を失わない方が不思議なくらいなんだ。

最近になって路子が言うんだ。「あれは吹っ切れたのではなくて、自分一人で生涯背負ってゆこうと決めて、人生こんなもんだと、何時もの明るさになったのでしょう」と。

私たち夫婦の間では、二十数年も前のことが、今になって理解できるようになったんだが、お姉さんという人は、強靭な精神を持っていて、何事と言えども人には話さなかった。

イネにだって、お父さんのことは無論、お兄ちゃんのことさえも話さなかった人だからね。況して他人に個人的な話など、して聞かせるような人ではなかった。

長い長い叔父の話が終わった。

イネは心の中で――お兄ちゃんのことは解ったわ。ではお父さんのことはどうなってるの――と訊きたい気持ちも湧いたが、口には出さなかった。

既に時間も遅く、何よりも疲れきった気分だったし、従兄妹たちの前では、父と母のことを訊くのは憚れることのような気がした。

「今夜はありがとうございました。心の中に長い間持っていた疑問に、今漸く納得がいきました」

畳に手をついて深々とお辞儀をした。

「そんな他人行儀なことを言うのはよしなさい」

少し怒ったように言ったあと、叔父は、少し照れたような笑顔になってイネを見た。そして、ゆっくりとみんなの顔を見ながら立ち上がった。

「たいへんな成人の祝いになったなぁ。さあ帰ろうか」


不思議にも気分が軽くなっているのを感じて、廊下を歩きながら横に居る叔母を振り向いた途端、涙が迸るようにイネの頰を伝い落ちてきた。話を聞いている間は寒々とした感じはあっても、涙は出なかったのに。悲しみの涙ではなく安堵の涙なのだと思った。

それでも、知らなかった兄が身近に思えて、すぐ傍に居るようにさえ感じられる。生きていてくれたらどんなに素晴らしかったことだろうと、帰らぬ過去に願いを持ってしまう。

改めて母の苦しみが、心の奥にまでじんわりと染み透ってくるようだ。もう一度叔母の顔を覗くと、彼女も思いっきり赤い目をしていた。

レストランを出て、真一郎が運転する横に叔父が乗り込み、叔母とイネは後ろの席に座って、紀尾井町の家に向かった。

三姉妹は、政子の運転する車で先に出て行った。叔父は長い話をしたにも関わらず、まだ話し足りないようだった。再び誰に話すともなしに、前を睨むようにして戦争のことを語り始めた。

「あれは、アメリカ国家が緻密に計画した日本国民大虐殺だったと、日本の家屋が木と紙で出来ていることを研究した結果であるから、という記事を何かで読んだが、私もその通りだと思う。

日本は新幹線が走り、オリンピックを経験して、今やあの戦争を忘れたかのような顔をして皆生きているが、そんなことは絶対ないのだ。皆お姉さんと同じなんだよ。忘れようとしているだけなんだろう。

心に深く傷を負ってしまった者には、立ち上がる方法なんか無いんだ。皆自分を誤魔化して忘れた振りをしているだけなんだ。

アメリカに対して、原子爆弾や焼夷弾爆撃を持ち出せば、パールハーバーを取り上げて、反対に日本が黙らされる訳だ。黒船の来航以来、日本政府も日本人も、アメリカさんに弱いのだろうよ。

朝鮮戦争だって北と南に分かれて戦って、これだって資本主義と共産主義の戦いさ。今のベトナムをご覧、酷いものじゃないか。アメリカもソ連も自国から遠く離れた国へ出かけて行って、爆弾を落とし劇薬を散布して、罪も無い人々を皆殺しにするんだ。

世界大戦を経験しておきながら、そんなことは忘れたかの如く、ベトナムのようなアジアの小国を焼け野原にし、枯葉剤を撒いて一般市民をまるで虫けらの如く扱って、あれが民主主義などであるものか。

兵隊たちがどんな気持ちで戦っているかなど、お偉いさんたちには、察することなんかできない仕組みになっているようだ。

話しているうちに、いろいろなことが叔父の頭に浮かんでくるのか、憤懣やるかたない怖い顔で尚も続けた。

イネが生まれた時だってそうだよ。あんな田舎に行って、赤ん坊を産む理由なんか無かったんだよ。誤解しないで聞いてくれよ。決して生まれたイネが不幸だと言ってる訳じゃないが、あの時にオーストラリアに行って、親子三人で暮らせたなら、イネの人生だってもっと違うものになっただろうと思うと、どうしても拘ってしまうんだよ。

ウィリアムさんはちゃんと結婚して、オーストラリアに連れて帰りたくて、毎日のように家まで訪ねてくれた。必死で頼み込むウィリアムさんの顔は、真剣そのもので、ほんとうの愛が無ければあそこまで頭は下げないよ。外国の偉い将校が、戦争に負けて焼け野原になった東京でできる態度ではなかった。しかしお姉さんは、頑として首を縦に振らなかった。

お舅さんお姑さんは世間体を気にし過ぎて、実家でのお産に良い顔をしなかった。お姉さんは自分の気持ちを伝えられないまま、「東京は暑いから丁度いいわ」などと言って、さっさと田舎行きを決めてしまったのだ。

けれど、私は信じなかったね。あれはお姉さん一流の妥協だよ。ほんとうはオーストラリアに行きたいと、叫びたかったはずだ。

イネには図らずも知りたかった父のことを、叔父の口から怒りとともに吐き出され、驚きと同時に身体の震えが止まらなくなって、思わず両手を交差し震える身体を押さえていた。母の形見の中にあったオーストラリアから届いた父からのカードが、両親のことが、今、はっきりと叔父の話と結びついた。

真一郎が運転する車が、静かに大和屋の自宅の車庫に滑り込んで、叔父は尚も怒っているような素振りでバタンとドアを閉めた。

「今夜は叔父さん少ししゃべり過ぎたようだ。許してくれ」

イネに向かって言うと、さっさと廊下から奥へ向かって姿を消した。

叔母はこんな時、何時も一言も言葉を発しない。今夜もずっと黙って聞くだけで、自分から何かを、イネに伝えようとはしない。叔父を心から信頼しているのだろうと思ってきたが、ただそれだけではないのかもしれないと、初めて叔母の態度が、不思議な印象として心に残った。

五

オーストラリア大陸縦断列車ザ・ガンは、真っすぐ南へ向けて、ひたすらに走り続けている。車内アナウンスが「ダイニング車両にディナーの準備ができました。皆さまどうぞダイニングの方へ」と伝える。

列車の旅は飛行機のように、狭いテーブルで慌ただしく食事をしなくてよいのが嬉しく、メニューも結構豊富で好きなものが選べる。

テーブルには、四方にレースが付いた真っ白なクロスが掛けてあり、それぞれ小さな花瓶に花まで活けてある。食事をしながら夕日の沈む前の、刻々と色を変えてゆく大地が眺められるのもよい。

ダイニングへ入るドアを開けると、奥の方のテーブルから、ブライアンが立ち上がって手を振って呼んでいる。二人の傍へ行った。

「さあイネ、一緒に楽しく食事をしましょう」

パトリシアが立って頬に軽くキスをしてくる。ブライアンもまるで百年の知己のように、両手を広げて肩を抱き、同じように頬に軽いキスをした。椅子を引いてくれて、丁度よい位置まで押してくれる。さすがに英国紳士だと改めて思った。

そういえば父も、何時もレストランだけでなく、家でも妻のアンに椅子を引いていたことを思い出して、一人窓の方を向いてふふふと笑った。

「お二人の邪魔になるし、私の席は向こうに作ってもらってあるのよ」

イネは一応は遠慮してみたが、二人は「オーノー」と言う。

「私たちは何時でも二人だから、今夜はイネと一緒に食事したいわ」

大きな目でウィンクされた。


ウェイターが注文を取りに席に来てくれた。ブライアンは飲み物を選んで注文したあと、イネを見る。

「まずレディーからお先にどうぞ」

「それではお先に」

イネはメニューを見ながら前菜は要らないと断って、メインはチキンのフィレにアスパラガスとサーモンを巻いて焼いてある、タスマニア巻きチキンを注文し、デザートにはオレンジタルトを選んだ。

「そうねぇ、じゃあ私は」

パトリシアは、前菜を海老のグラタン、メインはローストビーフ、デザートにブラックフォレスト。それは大きさもダイナミックなチョコレートケーキだ。

ブライアンは、嬉しそうに笑いながらパンプキンのスープと、メインはステーキのミディアムウェルダン。デザートは、せっかくオーストラリアにいるのだからと、焼きメレンゲに生クリームと果物を載せたパブローバを注文した。

どのテーブルも、前菜を待ってワインを飲みながら、話に夢中で何とも騒々しいのだが、太陽がいよいよ地平線の彼方に沈む瞬間、車両の右側の窓から、鮮やかな赤ともオレンジとも混ざったような光が射し込み、人々の顔を照らし出した。一瞬、みんなの話し声が静止した。

有名な映画監督が撮った、光の交錯する映像を見ているような色の鮮やかさが加わり、ファンタジーの世界に居るように錯覚した。

日の出も良いが、日の入りも素晴らしいものだと誰もが思ったのではないかと、イネは勝手に思い込んで、前の席でニコニコ笑っているパトリシアの顔を見た。彼女は胸を張って言う。

「私たち、明日はあの沈む太陽に向かって走るのよ。真西に向かって丁度この時間に、世界一長い直線のハイウェイを走っているのよ」

旅行会社のパンフレットを読むように、えらく自慢してまたしても胸を張って見せる。

前菜が運ばれ、メインを堪能した。みんなが自身の満腹度を心配しながらも、デザートをエンジョイした時には、結構な時間となっていた。

紅茶とコーヒーが運ばれてディナーは終わり、「おやすみなさい」と声をかけ合って、皆それぞれ自分たちの客室に戻って行った。

客室に戻ると既にソファーからベッドに変わっていた。真っ白のシーツがなかなか清潔そうに掛かっていて、触ると滑々として気持ちが良い。

イネはこれから長い夜を、列車の揺れに託して眠るのだが、その前に、妹と合同での会社設立のことを少し頭の中を整理しておかなければと思った。

それなのに、また古い記憶へと誘われていく。オーストラリア大使館から連絡をもらって出かけた、二十六年も前の、あの寒い日の朝のことに。

一九八〇（昭和五十五）年、イネは三十歳で、父親の住んでいた国オーストラリアを初めて訪ねた。先々で関わった人々は皆温かく接してくれたが、父親の消息はつかめないまま東京に戻ったのであった。

父親が住んでいたはずの住所の家に住んでいた若い夫婦は、申し訳ないが昔のことは全然知らないと言いながらも、両隣と近所に訊いて回ってくれたが、何も得るところはなかった。

最近、開発が進んで古い家に交ざって新しい家も建ち始め、どんどん新築の家が増えている。

この辺りはまだまだ安く、大抵は若い人たちが結婚して買える値段なので、中年のお金持ちは引っ越してしまい、あまり住んでいないかもしれないというのが、その時の彼らの意見だった。

そう言われてみれば、家々は皆新しくて、開発が進んでいることがひと目で判るようだった。それにしても、二階建ての家が一軒も無いのが、妙にしっくりとする景色だ。この土地の広さを思えば納得もいくが、東京の建築現場を思い出して、イネはにんまりと笑ってしまった。

一軒一軒の土地の広さと前庭の奥行き、家の玄関まで全て同じに統一されていて、道路に立って家並みを眺めてみても、玄関の位置は美しく一直線に並んでいるのが見事であった。この国の新しさと、開発の原点を垣間見た気がした。

統一された区画の中で、建築家自身の個性を出している家々、屋根の色は見事に違って、赤、緑、青に黒と、様々な色がイネの心と目に強く印象付けられた。

わずかに数日間過ごしただけの旅行者のイネにさえも、巨大な国だとの印象が、焼きつけられたように残った。

帰国後すぐにイネは、オーストラリア大使館に、一九四五年から一九五〇年頃、東京に滞在したイギリス海軍所属の将校で、ウィリアム・クリントン・スミスを捜していると、書簡を送ったのである。

しかしながら、何の連絡も無いまま日々が過ぎていった。

半年ほどが経過した翌年二月のある日、オーストラリア大使館からイネ宛ての書留郵便が会社に届いた。住所と連絡先電話番号を、勤め先の会社の方へと記しておいたのである。昼休みに設計室は鍵がかかることになっている。今週はイネが係になっているので、予め昼休み前に本田室長に、早めに開けると断っておいた。イネは十分前に鍵を開けて入ると、自分の席に着いて封を切った。

【ウィリアム・クリントン・スミスの問い合わせについて】というタイトルが太字で載っているのを見た瞬間、今まで幻を追っていたような夢のようなふわふわしたものが、現実味を帯びたようだった。体中の血が勢いを増して流れるように、カーッと熱くなった。

現時点で本人との連絡が取れていないので、詳細を貴女に伝えることはできないが、大使館まで来てくれれば、係の者が貴女に会う準備はしている。何時でも連絡を願いたい。

英語で書かれたその内容は簡単なもので、連絡人と電話番号が記してあるだけの事務的なものだが、文章から伝わってくる感じは穏やかだった。父の名前には、元イギリス海軍中将という階級も一緒に付いていた。

ふと気がつくと、本田が後ろに立っていた。

「良くない報せかい?」

心配そうに訊いてくれた。

イネは黙って首を横に振りながら椅子を回して、彼の手に手紙を載せた。難なく英語を読みこなす人なので、説明も何も要らない。すぐ読み終わった様子の彼は、受話器を持ち上げてイネを急かした。

「連絡しなさい。きっと良い報せだ、待つことはない。あちらの都合が合うなら今日でもいい。さあ電話して」

明日の午前中に面会できることになった。本田は即決で、明日は休んでいいからと言ってくれた。この上司にめぐり合うことがなかったなら、違った会社で働いていたことだろう。

仕事にはたいへんに厳しい人だが、普段は優しい感じで見守ってくれているし、質問すれば指導もしてくれる。兄みたいに温かいのだが、プライベートな部分では踏み込み過ぎることなく、益々尊敬の気持ちが大きくなる。彼に接している自分を感じているのが嬉しいし、楽しい。

こんな優しい人が居るというだけで、涙が出てきそうになることもあった。イネは彼を慕っている自分自身の姿を、何年も見つめて過ごしてきたのである。

時計を見るともう六時を回っていた。丁度片付いた図面を巻いて筒に入れ、腕貫を外してたたみながら、隣の本田を見た。すると彼は図面から顔を上げないまま言った。

「明日、良い報せだったら二人でお祝いするか？」

イネは、顔を上げない彼に向かって「はい」と返事をしながらお辞儀をした。勢いよく立ち上がってもう一度小さく頭を下げると、走るように設計室を出た。今度は彼の視線が自分を追いかけているのを感じながら。

あの優しい人の人生に踏み込んで行けるなどとは思ってはいけない。自分には権利がないと、改めて自分に言い聞かせるイネだった。

その晩、ほんとうに久しぶりに、大人五人の夕飯となった。叔母の家の従姉妹たち娘三人も結婚して、みんなそれぞれ子供の親になっている。真一郎も結婚して二人男の子が居る。

真一郎の家族四人は、以前イネが住んでいた離れを壊して新居を建てて住んでいるから、時々は一緒に食事をすることはあったが、この一年ほどは、真一郎の顔を見ることさえなかったような気がする。

彼の嫁となった人は気立てが良く、叔父の遠い親戚にあたる。金沢市から嫁入ってきた。

「日本海ではなく太平洋の洋に、子供の子と書きます」

初めて会った日、彼女が自分の名前を紹介する時に笑った顔は、可愛くて明るかったことを、イネは今でも不思議に時々思い出すのである。

寒い所の育ちなのに寒がりで、皆に不思議がられている。それでも東京に雪が降ると、懐かしいと喜ぶ素直な人で、イネはこの人が何故か好きである。さすが叔父が推薦しただけある人だと思う。

イネより四歳も若いが、何よりも細かいことにまでも気がつき、気配りにも明るさにも嫌味がなくて自然な感じがする。

夕飯が終わると、住み込みで家事手伝いの見習いを始めたばかりの由美と、三人であっという間に片付けてしまった。

真一郎たち夫婦が帰ったあとで、良いお嫁さんだと叔父が言った。イネもそう思っていた。

「お茶をお入れしましょうか。美味しいコーヒーもありますが、叔母さんは何時ものですね」

「今夜は私が入れるわ、イネちゃん。叔父さんにお話があるんでしょう」

叔母は勘の良い人で、イネが何か相談があると思う時に、必ず先を越してしまう。叔母に言わせれば、イネがお茶を入れようかと言う時は、必ず何かあるからだと、あっさり躱されてしまう。

大使館からもらった手紙のこと、明日係の人と会うことなどを詳しく話した。

「お父さんは元海軍中将と書いてあったわ。中将って偉いんでしょう?」

「イギリス海軍の中将といえば雲の上の人だ。偉いなんてもんじゃないよ」

「今、手紙を持ってきます」

　自分の部屋から手紙を持ってダイニングに戻ると、丁度叔母が居間から声をかけてきた。

「お茶が入りましたよ」

　居間に移り、叔父に大使館からの封書を手渡した。

「ほんとうだ、海軍中将だな。明日、私も一緒に行こうか。そうだ、路子も一緒に行こう。三人で一緒に話を聞いた方がいいだろう」

　叔父は一人で決めてしまったが、イネはそれでよいと思った。「元」ということは、今は中将ではない。現時点で本人との連絡が取れていないということは、今はもう生きていないことも有り得る訳だと考えると、叔父と叔母が一緒なら心強いと思う。

　良い方に考えようとしても「連絡が取れていない」というフレーズが頭をよぎり、思考がそこで途切れてしまう。もし生きているなら、オーストラリア政府外務省の大使館が連絡がつかないはずはない、と思えてくるのだ。やっぱり明日は行かないでおこうかと、心はどんどんと悪い方へと向かってしまう。

「おやすみなさい」

そう言ってイネが自分の部屋へ戻ったあと、今泉真と路子夫婦は声を潜めながらも話し続けていた。

「路子、ウィリアムさんは、やっぱりもう亡くなってるんじゃないかなぁ」

「そうかしら？」

「たぶんね。何となくそんな気がするんだ」

「でも偉くなって、海軍中将にまでなったのねぇ」

「うむ、そうだろうなぁ。若い時から堂々としていて、立派な将校だった人だからねぇ。偉くなった彼が目に見えるようだよ」

「でもお姉さんのことを思うと悔しいわ。私、外国の人嫌いよ。情が無いんだもの」

「そんなことはないよ、ウィリアムさんは一生懸命だったよ」

「そうかしら？」

「そうだったじゃないか。あんなに熱心にお姉さんとイネを守ろうと、できることは何でも挑戦してたよ」

「そうだったかしら？」

「ううむ、明日はやっぱり一緒に行った方がいいだろう」

「そうねぇ、私も一緒に行くわ」

列車ザ・ガンは、単調な振動を繰り返しながら、ひたすらアデレードへ向かって走っている。既に夜も更けて、輝く星空以外は外は真っ暗である。線のような細い月が出ているはずだが、イネの窓からは見えない。

ブライアンたちはもう眠ってしまったかしら。

結局、眠れないまま朝を迎えてしまったイネは、二十六年前の、暗い雪雲の朝を思い出している。午後には雪になるかもしれないと、叔母が毛皮のショールを肩に掛けた仕草までも思い出す。列車の窓に映る今の自分の顔が、当時と比べ、可笑しくなるほど年月を重ねてしまったとイネは思う。

二十六年前のあの朝、イネは希望と畏れとの入り混じった緊張した顔で、仏さまの母親に手を合わせ、——どうかお父さんに会える日が来ますように——と祈った。記憶の中の若い日の自分が、車窓に映る今の自分の顔と重なってくる。

寒くて暗い朝だった。十時半に会社の運転手でベテランの鈴木という人が迎えに来て、また会社に戻り、叔父を乗せて大使館に向かった。

大使館では、混んでいるようでもなかったが、かなりの時間待たされた。漸く係の者だという、三十過ぎに見えるジョン・アンダーソンという人が出てきて、応接室に案内してくれた。日本人の若い館員がコーヒーを置いて出て行くと、早速ですがと言いながら、イネをはじめ三人の身元を確かめる必要があると、丁寧な口調ではあるが厳しい表情のまま説明する。イネはその口元を見つめながら、遠くで鳴る雷を聞いているような、不思議な感覚に襲われた。

アンダーソン氏の言葉は、完全に上から押さえ付けてくるような、嫌な圧迫感があった。まるで侮蔑を込めているようでさえあった。それでもイネは叔父と叔母に、アンダーソン氏の言ってることを訳した。

「この娘は間違いなくウィリアムさんの娘です。貴方にどんな権利があって娘を侮辱するのか、許せん……大使に会わせて頂こう」

叔父独特の、憤りを抑えた時の太い声が、全員を緊張させてしまった。

アンダーソン氏は少し考えたような素振りで、今大使に会えるかどうか訊いてくると、部屋を出て行った。

イネはこういう張り詰めた場面で、急に笑い出す自分を知っている。たぶん小さい時からの、生きる知恵だったのかもしれない。あまり緊張が続くと、どうでもいいや成るように成れと開き直り、その途端に笑いが込み上げてきてしまうのだ。今がそれだ。

「叔父さん……」

言った瞬間、笑いが弾けてしまっていた。久しぶりに大声で笑っていた。

叔父も叔母も、一瞬ギョッとなったが、すぐに大声で笑い出していた。尚も一緒に笑いながら、三人で帰るために立ち上がって、ドアに手をかけたところでアンダーソン氏が戻ってきた。

イネは彼に向かって、尚も笑いながら言う。

「サンキュー・フォー・ユアー・タイム・グッバイ！」

区切るように言って、応接室から叔父と叔母の背中を押すようにして、出てきてしまった。アンダーソン氏が後ろで何か言っていたが、三人とももう何も聞いていなかった。振り向きもしなかった。

「あれ、もう終わったんですか？」

戻ってきた三人を見て、運転手の鈴木は、不思議そうな顔で言いながら、慌ててタバコの火を消して、ドアを開けた。

「今日は寒いが日は悪くない。鈴木さん、何処かレストランに行こう。みんなで昼飯に行こう。さあ行こう」

さっさと区切りを付けたのだろう。叔父はそう言って車に乗り込んだ。そんな叔父を見ながら、隣にいた叔母は黙ってイネの手をとって握りしめた。柔らかく温かい手だった。

「温かい湯気のたつお蕎麦を食べたいわ」

「もう少し豪華なものを、叔父さんに奢らせましょう」

叔母の意見を聞きながら、イネはやっぱり温かい蕎麦をスルスルと食べたいと思っていた。運転席のバックミラーに、ニコッと笑う鈴木の顔が見えた。

「蕎麦屋なら店の前に車が停められます。この寒さだからどうでしょう?」

鈴木が遠慮がちに賛成してくれた。それで決まり、よく知った道らしく裏道を抜けて、あっという間に到着した。衝立で仕切られた畳に上がり、四人で向かい合う。蕎麦が運ばれてくるとイネは思わず感激の声を上げた。

「まあ嬉しい。何年ぶりかのお蕎麦屋さんのお蕎麦、美味しそう」

叔母が隣で睨んでいるのを感じた。イネが叔母家族とのレストランなどでの外食をほとんど断っていることに、叔母は拘っていて、むしろ面白く思っていない。それなのにこんな蕎麦ぐらいで喜ぶな、とイネを無言で非難しているように感じるのである。イネにとっては、銀座の料亭ではなく蕎麦屋だから嬉しいのだということを、この叔母は、一生かかっても解ってくれないだろう。

「鈴木さん、何時もここに来るの？　なかなか美味いねぇ」

「ええ、まあ道の都合が良い時は来ますが、社長のような立場の方が頻繁に来る所じゃありません。蕎麦だけは何処よりも美味いですが、店の構えがこれだから」

叔父に恐縮しながら、煤けた天井や壁を見て笑った。

「でもイネさんが蕎麦が好きそうだったから、ここの蕎麦を食べさせてあげたいと思ったのです」

「こんな美味い物をあんたたち仲間だけで食べるなんて、それは無いよ、鈴木さん。それを差別というんじゃないかい」

叔父は雰囲気を和らげてくれているのだとイネには解っているから、無言で感謝した。

「イネ、真一郎から聞いているかい」

蕎麦で身体が温まった頃、叔父は意外なことを話し始めた。

「本所の千恵子さんを覚えてるだろう。あの人の一番下の娘さんが、来月大学を卒業して、四月にうちの会社に入社するんだよ。ずいぶん遅く生まれた四番目の子供さんだそうだ。ご主人が熱心に薦めたようなんだ」

叔父は嬉しそうに続けた。

「去年の秋に、ご主人が訪ねてくれてね。私もあまりの懐かしさで涙が出てしまってねぇ」

「叔父さんでも泣くことあるの」

「黙って聞きなさい」

イネが茶化すと、睨まれた。

「上の三人は大学へはやれなかったが、漸く楽になったのでとおっしゃってね。謙遜していたが、人事の方で確かめてみると、慶応で経済学を修めて、なかなか優秀なんだそうだ。世界経済が専門だという。

我が社でも貿易に重点を置いてきているので、若い娘さんの活躍場所があると思うんだ。私は面接の時、一度会っただけだが、お母さんの千恵子さんにそっくりだよ。

ご主人と千恵子さんには、言葉にならないほどお世話になった。私たちの生涯の中でも最も大切な人たちだからねぇ。

そうだ路子、四月になったらイネを連れて一度会社に来なさい。そんなことでもない限り、イネは私の会社に足を向けてくれないからね。千恵子さんの娘さん、将来の我が社のホープに会ってもらおう」

叔父は深呼吸をするように胸を張った。

高校を卒業後は、叔父も叔母もイネが大和屋に就職するものと信じていたのだ。頑なに大和屋を断り、校長と担任が熱心に薦めてくれた奨学金学生の大学推薦も断り、今の小さな設計事務所に入社したのだから、変わっていると言われればその通りだろうと自分でも思っている。

それにしても、千恵子さんの娘さんが入社するとは、不思議な縁で繋がっているようだ。千恵子さんは、母が亡くなる前まで二人で住んでいた浅草橋のアパートにも訪ねてくれたし、イネにも何時でも優しかった。本所での母を一番よく知っている人だから、三十歳になった今の私なら、何か新たに話してくれることがあるかもしれない。

やはり彼女に会いたい。会って話を聞いてみたいと心から思う。叔父に頼んでセッティングしてもらおうと決めた。


浮き沈みの激しい一日が終わり、翌日は何時も通りに出勤した。喜んで大使館に行った自分を笑い、悲しみを隠すための空元気も虚しさを通り越した。それでも、弁解にも似た腹立たしさともなって、妙に気持ちが沈んでくる。イネは何とかその暗さを隠そうとしていた。

「今泉さん、お弁当持って来てるの?」

隣の本田に小さい声で訊かれた。

「いいえ、今朝は時間がなくて……」

「上の食堂で一緒に食べない? 奢るよ」

「はい、ご馳走になります。昨日は大使館の帰りに、叔父さんにお蕎麦をご馳走になったんです。

今日は室長さんが奢ってくださるんですか。嬉しいですが……」

「妙に明るいなぁ、今朝は」

「…………」

遠慮がちに彼が続けた。

「お祝いだったら夕飯にしてもいいけれど」

「いいえ、お昼にしてください。お昼の方が……」

本田が呆然とイネを見ている。漸く彼もイネの空元気が何であるかを悟ったようだ。イネは何とかしなくてはと焦るが、悲しみだけが先回りして涙が伝い落ちる。声を出さずに下を向いて泣いていた。

突然、本田が一方的に話し出した。

「今泉さん、そこの角度がそれではまずいんじゃない。材料もそれでは強度が足りないでしょう。君ともあろう者が不思議な間違いをしたものだ。急いで計算し直してくれよ」

「その前に洗面所へ行って顔を洗ってきなさい。酷い顔をしてるよ」

イネは洗面所に走り込んで行った。

小さい声で、上司に叱られているイネが下を向いて泣いているようだと、設計室の皆が興味津々で囁き始めていた。彼はすぐに気づいて、咄嗟の判断で庇ってくれたのである。偶然イネが手に三角関数表を持っていたから。

本田の機転でまたしても人の目から守ってもらった気がした。洗面所の鏡の中に、今度は誰にも見られずに思いきり泣いている自分がいた。

六

山本千恵子の末娘の陽子が大和屋に入社する数日前に、千恵子と会えるように計らってくれた叔父に、イネは心から感謝した。

桜の蕾も大きく膨らんできた三月の最終土曜日に、ニューオータニのロビーへと、家から歩いて出かけた。

イネと千恵子との会食は、全て叔父である今泉真が上手く手配してくれた。ホテルでのランチを盛り込んで、ゆっくり会って話ができるように。何の心配もしないでよいのだと、ゆっくりと歩いてなだらかな坂を登りながら、それでもイネの心は自然に高鳴ってくるようだった。

本所での母の暮し向きや、二人が経験した東京大空襲についても、今日は訊かなければならないだろうと思った。

イネは約束より早い時間に、ドアマンの開けてくれた重厚な扉を抜けてロビーへ向かった。見覚えのある着物姿の女性が見えてきた。ソファーのある中央のロビーで既に待ちかねたような感じの、そわそわと動き回る山本千恵子を確認して走り寄った。

駆け寄りながら、改めてこの人が母を救ってくれたのだと思うと、胸に熱いものが込み上げてきて困った。千恵子の目にも、じわりと盛り上がる涙が見えた。二人でお辞儀をしながら手を取り合っていた。

「お母さまの形見分けの着物なんです」

千恵子はクルッと回って見せてくれた。

「もう一枚頂いたので、今日はどちらを着て来ようかと迷ったんです。お嬢さんに見てもらいたくて。少し派手ではないでしょうか？」

少し照れたように、そして心配顔でイネを見た。

「いいえ、とってもよくお似合いですわ。でもそのお嬢さんはやめて、イネと呼んでください」

イネも打ち解けた感じになって頭を下げた。

イネと呼ぶのは妥協した千恵子であったが、イネの母・舞子に対しては、若奥様と言うのを変えることはなかった。それだけ彼女にとって、母のことは心の中に仕舞ってある大切な思い出であり、友情なのかもしれない。話を聞いているうちに、次第にイネにも二人の助け合った過去が理解できてくるようだった。

千恵子は千葉の中学校を卒業したあと、母が嫁入った本所の家に住み込みで働き始めた。結婚したあとも通いで勤めるようになったという。

母の結婚式の時の模様から話し始めてくれた。

「見事に晴れ上がった、美しい春の日の結婚式でした。花嫁さんは、今まで見たどの映画の女優さんよりも美しかったのです」

イネがそれは少しオーバーではないかと反論すると、千恵子は本気で怒ったように言った。

「いえいえ、ほんとうなんです」

その後は、イネは最後までほとんど話の腰を折らずに、熱心に耳を傾けたのであった。

上品できれいで、私たち手伝いの者は、みんな溜め息が出たものでした。こんなきれいで若い女性がどのようにして、ここにお嫁に来ることになったのだろうと、誰の胸にも疑問が湧いたものでした。

大奥様はたいへんに厳しい人だったのですが、人々が噂するほどの鬼ではなかったんです。問題は若旦那様で、若奥様よりひと回りも年上でした。子供の頃に大怪我をして、そのため脚が不自由でしたから、右足を上げて歩くことができなくて、引きずって歩くしかなかったのです。でもそんなことよりも何よりも、遊び好きの人だったのです。

若旦那様は風采があがらず、人望もないということもあり、結婚式の日から私たち手伝いの者に至るまで、若奥様のファンになってしまいました。

借金はたくさんあったようですが、店が潰れるというようなものではなかったと思います。ただ、若旦那様が以前から好きだった玄人の女性が居て、その人の住む家の修繕とか改築とかだと言って……。贅沢は敵と言われていた頃のことです。時代に合わない、贅沢な着物まで物入りが嵩んだために、借金が膨らんでいってしまったそうです。

若奥様が、そういうために使うお金は大和屋から借りることはできないと拒否したと噂が広がりました。私たち使用人は全員で、若奥様に喝采したものです。

全員を集めて、初めて道理をきちんと踏まえて説明してくれる若奥様は、私たち使用人にも協力を求めて、しっかり働いてくれるようにと、頭を下げてくださったのです。

その頃には、若旦那様が仕事を投げ出してあまり家にも戻らなくなったために、仕方なく若奥様が采配を振るうようになったのです。

大旦那様は、病を得て寝たり起きたりの病人でしたし、大奥様は家の中のことはできても店の仕事はできませんから、番頭さんももう見切りをつけて辞めていました。若奥様が頑張るより仕方がなかったんです。私たちはその時、ああこれでこの店も大丈夫と安心できました。

ところが若旦那様は、家に帰る度に、お店のそんな雰囲気が面白くなかったんでしょうね。時には若奥様に暴力を振るっているようでした。

住み込みの女中さんの話では、夜中に寝間の方から怯えて泣いているような声が聞こえてきたことも、何回かあったそうですから。私たちは自分のことのように辛い気持ちで、気分が晴れることがありませんでした。

明くる年に、博之坊ちゃんが生まれた時、久しぶりに嬉しく明るい気分になったものです。名付けのお祝いは、あの頃にしては盛大でしたし、若奥様もあの日は幸せそうでした。お店の人たちはもちろんのこと、私たち手伝いの者に至るまで、紅白のお饅頭を頂いて帰ったのですよ。

長男が生まれたのだから、若旦那様もこれからは家を守って頑張るのではないかと、私たちでさえも期待したものです。

それでも若旦那様の態度が変わることはありませんでした。仕事に身を入れることはなく、まるで我が儘な駄々っ子のようにも見えたものです。度々若奥様を脅しては、大和屋さんからお金を引き出すことに終始しているようにも見えました。

そんな時に、大奥様が若旦那様の傍若無人な振る舞いを目撃してしまったのです。目撃したというよりも、大奥様の目の前で若奥様を凌辱したのです。

夕方から居間でずっとお酒を飲んでいたようですが、若奥様は台所で、お一人で遅い夕飯をとられていました。そこへかなり酔った若旦那様が入って来られて。こんな所へ隠れて何を食べておると、いきなり殴りつけました。大奥様が大旦那様の薬のお湯を取りに来たのが同時で、お酒で逆上した勢いも重なり、泣きながら止めに入った大奥様も投げ飛ばされて腰を打ち、人を呼ぶこともできず、その後は地獄だったそうです。

自分の息子は怠け者で頭も良くなくて、仕事も中途半端と解っておいででした。それでも跡継ぎの大切な一人息子ですから、今まで我慢されていたのですが、その日の嫁に対する胸の悪くなる酷い仕打ちは、仕方ないと済ませられるものではなかったのです。

それともう一つ、大奥様には、一人息子を子供の頃に怪我をさせて脚を不自由にさせてしまった負い目が何時もあり、甘やかせて育ててしまったようです。

今の世の中では信じられないと思います。支那事変と呼ばれていた日中戦争から、太平洋戦争に突入する少し前の頃でしたから、人々の暮らしも何もかも普通ではなくなっていましたから。若旦那様も、自分の弱さを暴力を振るって誤魔化し、弱い若奥様を甚振ることで、何とか心の均衡を保っておられたのかもしれませんが、いくら戦争中でもそんな理不尽なことが通る訳はございません。

友達は皆兵隊になって戦争へ行ってしまって、自分だけが脚が悪くて兵隊にもなれないという悔しさで、あんなふうに歪んだ性格になっていったのかもしれませんが……。

大奥様は遂に、若奥様を守るために籍を抜いて、実家に戻す決定をしました。私たちは、博之坊ちゃんも一緒に大和屋さんに帰れるものと信じておりましたが、それだけは大奥様も承知しませんでした。

それで大奥様は、鬼だとか人間じゃないとか、内情を知っている者たちにも言われましたが、息子が駄目なら孫に期待したいと考えるのは、無理からぬことでございました。況してや若奥様のように、美しくて頭の良い女性の子供なら、孫も必ずや立派にお店を立て直す器量を持っているだろうという期待も大いにあった訳です。

誠に勝手な大人の所為で、博之坊ちゃんは可哀想に、生まれて僅かに一年で母親と引き離される運命になってしまいました。

私にも長男が生まれたところで、母乳も心配がありませんでしたから、大奥様に頼まれてお世話をするようになりました。但し、若旦那様にはできるだけ隠れてという指示でございましたから、ずいぶんと苦労も致しましたが、博之坊ちゃんは賢く、ぐずることもなく手のかからない子供でした。

私は大奥様に、大和屋さんに時々行けるように度々頼んでおりまして、決して裏切るようなことはしないからと約束して、お願いを叶えてもらったのです。

若旦那様に隠れては、博之坊ちゃんを大和屋さんまで連れて行くようになりました。時には、私の家まで若奥様に来て頂いたりして、ずいぶん喜んで頂きました。私は、若奥様が博之ぼっちゃんに会わせてくれて有り難いと喜んでいることを、正直に大奥様に伝えました。

もうその頃には大奥様にも、若奥様の人柄と真実が見え始めておりましたから、少しずつ博之坊ちゃんの成長を、若奥様にも見せてあげたいと願うようにはなってきておりました。けれど、やはり若旦那様には隠れてのことで、女三人だけの秘密のようになっていたのです。


あの日は……そうです、人間の仕業とは思えない、あの恐ろしい大空襲のあった日です。新しい防空頭巾を縫って持ってきて頂いたので、お知らせするために大急ぎで奥に行きましたが、大奥様が見当たらないのです。お店の方に回ってみたら若旦那様がお店に居ましたから、また裏に回って台所の人たちにも訊いてみました。そこでも誰に訊いても知らないと言うのです。この日のことはいまだに私には解せません。大奥様に連絡したい時には必ず通じましたし、あの日だけが空白なのです。

丁度私も仕事の終わる時間でしたから、若奥様をお連れして私の家に戻りました。早めの夕食を済ませて、子供二人の面倒を主人に頼んで、若奥様と二人で、店の前と裏の勝手口に入る路地に分かれて見張っていたのですが、六時半頃まで頑張って諦めたのです。寒い夜で、二人とも身体が冷え切っていましたから。あれ以上は無理だったと思います。

あんなことになるとは想像をしていませんでしたから。明日の朝には会えるだろうと思ったので諦められたのですけれど、たぶん、ほんの少しの行き違いで、もう家に戻られていたのだと思います。今でもほんとうのことは判りません……。

そしてあの夜の十時三十分に警戒警報のサイレンが鳴ったのですが、その後はすぐに静かになりました。私たちも今夜はこれで大丈夫と、安心して床につきましたが、物凄い爆発音で跳ね起きました。避難先の防空壕まではとても無理だと主人が判断したらしく、彼の誘導であの石垣の側の穴の中に跳び込んだのです。

その後のことは、もう既にお聞きになっていると思いますが、今になっても言葉にするのが恐ろしい状態でした。私は怪我をして動けず、主人が一歳半の下の子を負んぶして頑張ってくれましたが、何しろ酷い有り様で、この世とは思えない毎日でした。私たちは助かりましたが、亡くなった知り合いも多かったのです。

ああいうのを地獄というのでしょうねぇ。家は焼けて無くなっていましたし、身体は動かないし痛いし、避難所で過ごす間も死にたいほどでしたが、若奥様のことを思うと、そんな贅沢なことは口が裂けても言えませんでした。

主人が、避難所生活は気の毒過ぎるから一旦大和屋さんへ帰っていただいて、博之君を捜すのはそれからでもと、若奥様を説得したのですが、若奥様は承知しませんでした。それで、主人が拾ってきた板などを使って、家のあった場所に小屋を建てたのです。

私は若奥様には特別よくして頂いていましたから、何とかお力になりたくて、千葉の父に電報を打って、来てもらったのです。

その時にはもう若奥様は、肺炎を起こして倒れてしまって。疲労から風邪をこじらせたのでしょう。医者に診てもらおうと思っても、どうしても承知してくれませんでした。

私たち夫婦は、大和屋さんにお知らせしなくてはと焦りました。でもただの風邪だと言い張ってどうしても承知してくださらなかったのです。

漸く説得して、医者に来てもらい診てもらいましたが、首を横に振られて、私たちはもう呆然となってしまいました。

父がそれからすぐに、大和屋さんまで知らせに行ってくれたのです。大和屋さんのご主人様が、車でお迎えに来てくださった時ほど安心したことはありません。

大和屋さんなら腕の良い医者に診せてもらえるだろうし、暖かくして少しでも食べることさえできれば何とか助かるかもしれないと、叫び出したいほどの気持ちで祈ったものです。

結局、私たち親子も大和屋さんで春までお世話になったのですよ。私の怪我は骨に罅が入っただけで、幸い折れていませんでしたし、傷の方はすっかり縫い目も塞がって心配がありませんでしたから、割に早く快復しました。

若奥様の看病をさせてもらいながら、毎日神仏にお祈りしました。目立ってよくなってこないこともあって。私は性格が、粗野なものですからね。終いには神仏に毒づいていましたねぇ。桜が散る頃になって、漸く布団の上に起き上がれるまでになったのです。それで少しホッと致しましてねぇ。私は子供を連れて家に戻ったのです。時々お見舞いかたがた大和屋さんへ参りましたが、歩けるようになるまでには、その後ひと月ほどもかかったはずです。

主人だけは軍需工場での仕事がありますし、小さい人でも男ですからあの小屋を少しずつ直しながら、私たちが帰っても住めるようにと、頑張ってくれていました。

やっとあの家に帰った日は、生涯で一番笑いました。何しろ大和屋さんでお世話になっていましたから、自分の家が、大和屋さんの鶏小屋と同じように見えて。炭や薪を入れる納屋より粗末で、人が住む家には見えなかったのです。あんまり私が笑うので、主人まで釣られて笑ってしまい、今でもあの日の話を夫婦でよくします。

私ごとで恥ずかしいのですが、私たちの結婚は、蚤の夫婦と揶揄されることになるからと言って、親戚中が反対しました。

千葉の父が最初に主人に会った時に、即決してくれたんです。あんなに性格の良い人は珍しい、背が低いなどというのは取るに足りないことだと言って、親戚中を説いて回ってくれたのですから、我が親ながら頭が下がりました。

背が低過ぎるので兵隊に行かなくてよいと言って皆を説いたそうです。そんなことを言えば非国民だとか、国賊だとか言われる時代でしたから、親戚中みんな口を閉ざして村八分にならずに済んだのですが、どういう訳か父親のことを思い出す度に、大和屋さんとのご縁に繋がってくるのです。

イネさんのことは、かなりあとになって……そうでした、伝い歩きができる頃でしたから一歳くらいだったと思います。丁度、お盆のお供えを持って大和屋さんにお伺いした時に、若奥様から直接お聞きしました。

生まれた時のことなども、田舎の涼しい所で、とてもよくしてもらったからと、喜んでらっしゃいましたねぇ。

でも私たち夫婦が、イネさん、貴女に直接会ったのは、それから四年ほどもあとなんですよ。お寺の幼稚園に入園できたからとおっしゃって、お祝いのお赤飯を持ってきてくださったんです。

その時初めてお会いしたのですが、可愛くて可愛くてお人形さんみたいでしたよ。お行儀よく若奥様の横にちょこんと座っていた姿を、忘れることができません。

すぐお帰りになられたのですが、その夜、隣の人が家に来て、今日、目の青い子を連れた人が訪ねて来ただろうと、あれは誰だとしつこく訊いてきたのです。私たちはそんな人は来なかったし知らないと、シラをきり通したのですが、その時私たち夫婦は、ともに背中を悪寒が走り抜けて行ったような恐怖を感じて、思わず顔を見合わせていました。

何ということかと、若奥様の人生の厳しさに戦慄する思いでした。本所のあの家にお嫁に来て不幸の限りを経験して、今度は目の青い子の母親になってしまったとね。

「すみません、こんな言い方で」

「いいんですよ。ほんとうのことですから」

「苦労されたでしょうイネさん。解るのです、私には」

イネさんが中学生の時だったでしょうか。確か二年生だったと記憶しておりますが、若奥様のご葬儀の時、お手伝いに行かせてもらいました。あんな悲しいお葬式は初めてでした。お通夜の夜、台所で手伝いをしていたのですが、誰一人口をきく者もいませんでした。

口を開けば涙が迸り出るのが怖いからでしたが、古くから大和屋さんで働いていらっしゃる方々も、一度や二度はみんな、若奥様に助けられたことがあるからですよ。私などは外から来ているので、内情は解りませんでしたが、大和屋さんの灯が消えてしまった感じがしましたねぇ。

台所からイネさんの姿が見えると、涙が止まらなくて困りました。他の人たちも、声を出さずにみんな泣いていました。

廊下を音も無く歩くイネさんを見た時は、若奥様が歩いているように見えましたからね。何と悲しい星の下に生まれた子供だろうと、一週間ほど泣き暮らしました。

千恵子の丁寧な話を聞きながら、成人の日に耳を傾けた叔父の話とは少し違うけれど、母が味わった苦労の大きさが身に沁みて理解できたように思う。何も語らなかった母の気持ちが漸く理解できた。心の中でイネは——お母さんごめんなさい——と呟いた。母の苦労と比べたなら、自分の苦労など苦労とは言えないとも思った。

千恵子の率直で温かい人柄そのままの、優しい言葉を聞きながらイネも心を開いた。

「千恵子さん、ありがとうございます。でも私の人生も、それほど悲しいだけでもなかったのよ。叔母さんや叔父さん、従兄妹たちもよくしてくれましたからね。

子供の頃は、時々は苛められたけれど、お母さんが生きている間は、何時でも守ってくれたから幸せな子供時代だったと思うわ。

元々の性格も、結構明るいから大丈夫だったのよ。笑っているうちに年月が経ってしまって、気がついたらこの歳になっていたの。

勤めている会社は、全員集まっても三十人居るかどうかの小さな事務所だけれど、女子では私が一番年上なのよ。大森社長には、嫁に行く前に腰が曲がってきたと、毎日のように冷やかされているから、そのうちあっと言わせてやろうと日々頑張ってるんだけど、これぱっかりは相手もあることだし、なかなか思うようには上手くいかないの」

イネは笑顔で、できるだけ軽く陽気に話した。千恵子に安心してもらいたいと思っていたから。

母が頼りにして、ずっと仲良くしてきた唯一の友人だろうと思うと、叫び出したいほど、胸の中がいっぱいになってきて、母の短かった人生にも、温かい友情で結ばれていた人がいたのだと、嬉しくなって訊いた。

「お母さんと浅草橋のアパートに住んでいた頃、よく訪ねてくださって、何時も小さな赤ちゃんを負んぶして来てたでしょう。

私が小学校の高学年になった頃からは確かよちよち歩いてた。母の膝の上にもちょこんと乗って、可愛かったのを覚えてるわ。あのお子さんが陽子さんでしょう。

陽子さんが明るい性格で優秀なんだと、将来の我が社のホープだと、叔父が自慢していましたからね。それに、陽子さんはお母さんの千恵子さんにそっくりだって言ってましたけれど、ほんとうですか」

「似てるかしら」

千恵子はそう呟いて、ふふふと笑い、嬉しそうに続けた。

「そうなんです。陽子が今度雇って頂くことになったんです。私たちは嬉しくて。老舗の大和屋さんが、今では商社になって、世界中でご商売をされているというので、主人が社長さんに直接かけ合って雇ってもらったのだと、えらく自慢しましてねぇ」

確かにご主人が、叔父の所にご挨拶と言って訪ねて来たのはほんとうだが、陽子さんの入社が決まったのは、成績が優秀で、明るい性格や将来のリーダー的な素質が見えたからだと、叔父と真一郎から聞いている。でも、千恵子さんのご主人の自慢も心温まる。

老舗には違いないが、世界中で商売をしている商社というのは言い過ぎだろう。絹織物などの反物や帯、小間物まで扱う問屋から、戦後にいち早く、すぐにも役立つ瓦や木材などを扱う商売に参入した。焼け野原になった日本の復興のために、扱う商品を増やしていったことが良かったようだ。

今は香港と台湾とアメリカの三ヶ国だけであるが、海外との貿易ができるまでに成長した。漸くブラジルから仕入れることが決まった加工用の木材の入荷が近いとの話も聞いた。カナダとインドネシアにも何とか足掛かりをと、四苦八苦している状態だと思うが、彼女が学んだ世界経済学を活かして活躍してくれる頃には、大和屋はもっと大きくなるかもしれない。そうイネも願っているのである。

叔父や真一郎も、よくここまで来れたと言っているから、商売とはきっと難しいものなんだろうとイネにも見当はつくが、どのくらい難しいかは想像を遙かに越えているだろう。

「四月になって少し落ち着いたら、陽子さんとご主人の二人で是非、家に来てくださいませんか。叔母に頼んでみますから」

イネは、今日まで知らなかった母や兄のこと、覚えていない自分の小さい頃の話などのお礼も伝えた。

「みんなで食事でもしながら、新入社員の新鮮な目で見て感じた大和屋の話でも聞きましょう」

固い約束をして、イネは千恵子を送って四ッ谷の駅まで、もうすぐ咲きそうな桜の下を一緒に歩いた。

大地への道

一

四月に入ると、イネの働いている小さな下請け会社、大森建築設計事務所にも、新入社員が三人も入ってきて、華やいだ雰囲気になった。

二月の大使館事件からは、イネは既に立ち直っていたが、せっかくの本田との二人だけのお祝い？は、残念ながらイネの涙事件で流れてしまって、そのまま忙しい日々となっていた。

戦後に建てた木造プレハブアパートの老朽化が進んで、鉄筋建築への建て替えが増えているし、古いマンションの改築も多くなり、最近の主な仕事になってきている。

夜八時に帰れる日は早い方であった。遅い日は十時頃まで図面台の上を〝這っている〟。お尻を突き出して立って描くことも多く、その姿勢がくの字形に曲がって見えるらしい。大森社長が時々設計室を覗いてはイネに言う。

「今泉さん、嫁に行く前にかなり腰が曲がってきたなぁ。入社して何年になるかな。そろそろ十年くらいにはなるのかな」

知っていながら、イネが「いえ十三年目です」と答えるのを待っているのである。社長はこの冗談が好きなのだが、イネは得意なタイプではないから、その後は質問には答えないことにしていた。会社の社長としては、穏やかで良い人だとは解っているのだが、何故か波長が少しずつずれるから、笑って頭を下げるだけで会話になることはなかった。

もう一つ、イネには社長とできるだけ距離を置きたい理由があったのだ。それは、よく会社を訪ねて来ていた社長夫人の一番下の弟だった。女子トイレで総務の女子社員二人が、イネが居ることを知らずに「彼の目的がイネにある」と話しているのを偶然聞いて以来、強く警戒するようになったのである。

設計室に移って暫くした頃だったから、まだ仕事や人生など悩みばかりを抱えていた。相談するにも母は居ないし、父親については一枚の白黒写真は持っているものの、何処の誰かの見当もつかない日々であったから、周りに心を許せない状況を作った彼には、恨みたい気持ちさえあった。

そういえば思い当たることが幾つかあるのだ。イネの机と図面台は設計室の一番端にあって、すぐ後ろには打ち合わせ用テーブルと、隣にソファーが置いてあった。仕事中に強い視線を感じて振り返ると、ソファーに座った彼が、粘りつくような眼で見ていたのだ。

しかも、背中に寒気を感じるほど、イネの嫌いなタイプの男である。昼休みなどに突然現れて、彼が得意そうに話す事柄はイネには遠い世界の話であった。第一、妙に明かる過ぎて軽率で、いくら不動産会社のセールスマンだと言っても、そうそう関係のないこの設計室に来ては、無駄な時間を過ごすこと自体が間違っている。彼の仕事のことは自分には関係ないとは思いながらも、イネは心の中で憤慨することが多かった。

仕事の終わる頃に計ったように現れて誘われた時には、イネは何時でも強い調子で断ったが、何処か糠に釘のような頼りなさで相手に通じない。

普通、人というものは、こちらが嫌いだと思っていれば、それは相手にも通じるものだとイネは今まで信じていたのである。ところが、この人には通じない。そう気づいた瞬間から彼に対して、頑ななまでに強く口を閉じたのである。負けるものかというイネ本来が持つ、たぶん母からもらった性格だろうと思うが、その性分が全面に出て、どんな話題にも一切口を閉ざした。

半年ぐらいは嫌な思いをしたが、口を開かないイネに業を煮やしたのか、それとも他に気の合う人でも見つけたのか、会社に来なくなった。イネは、漸く安心して出社できることを喜んだのであった。

変わっていて性格が悪いのは私の方だと反省するのだが、嫌なものは嫌だと主張することが何故悪い、と妙に居直っている自分自身も見てきた。

あの頃には、漸くにして長い孤独から抜け出てきたと、はっきりと感じとっていた。さらに、トレースの仕事が楽しくなってきていたのだ。トレースをしながら出来上がってゆく図面が、形を成して目の前に建つような錯覚というのか、夢の中に居るような気持ちで、図面の建物を勝手に想像で造り上げて喜んでいる自分を見ていた。

だから、人との煩わしさや会社の中での難しいことは考えないでおこうと、怠惰な考えが心を占領してしまっていた。気分を切り替えると解放されたように楽になったし、自由に自分の心を遊ばすことができるから嬉しくなった。そうなると、人々との和合にも背を向けてしまう日々であったけれど、少しだけ大人になったのだろう。

四月二十九日の天皇誕生日から始まる五月の大型連休前は、何処の会社も長期連休を取るため忙しい。連休が始まるのが水曜日だったから、月、火曜は目の回るような忙しさで、誰もが納期締め切りぎりぎりの図面を抱えて、殺気立った雰囲気になっていた。

そこへ大使館から電話が入ったが、イネは事務の人に、忙しいので連休明けに連絡すると返事を頼んで、顧客との打ち合わせを続けた。総務の方からもう一度、大使館から電話だと言ってきたが、図面の仕上げにかかっていて、忙しくてそれどころではなかった。

漸く八時に、社長の三分間の挨拶のあと、皆一斉に帰り支度にかかったかと思うと、あっという間に設計室には人が居なくなっていた。

「今泉さんにも一週間会えないなぁ。向かいの喫茶店でお茶を飲んで行かないか」

隣の本田が、設計室には誰も居ないのに小声で誘ってくれた。

イネは、自分の心の中を見透かされたようで胸が熱くなったが、お礼を言って軽くお辞儀をして、彼より先に設計室を出た。

総務の前の廊下を抜けて会社を出た。連休を前に人々は家路を急いだのか、喫茶店は驚くほど空いていた。

イネは、一番隅のテーブルを見つけて、角の席に座って待った。五分ほど待つと本田が来て斜め前の席に座った。

「空いてるなぁ、今夜は」

「早く帰らなくて大丈夫ですか？」

「……いいんだ。今夜は時間があるんだ……急いで帰ることもないから、一緒に夕飯を食べよう」

「はい。それではお言葉に甘えて、室長さんに、おご馳走になります」

「今泉さん、事務所以外では本田と呼んでくれていいからね」

「はい」

そう答えたものの、思わず本田の顔を見つめてしまった。

「腹へったなぁ。連休もいいけれど、今日の忙しさは目が回りそうだったのに君はしっかり片付けたね。大したもんだ」

本田は、一瞬眩しそうにイネを見た。イネは初めて本田に褒められたことで勇気を得て、パスタをご馳走になったあとコーヒーを飲みながら、今日、会社に二度もかかってきた大使館からの電話のことを話してみた。すると、心配そうな顔になる。

「へぇ、まだ何か調べてるのかなぁ」

イネは少し緊張しながら、初めて名前で呼びかけた。

「本田さん、お休みはずっと大宮ですか」

「いや、週末には帰ってきて、少し仕事をするつもりなんだ」

「相変わらずですね。きっとあの社長さんは休み中ずっとゴルフですよ」

「ハハハ、いいじゃないか、社長のことは」

「そうですね……」

暫くの沈黙のあと、イネは思い切って話を自分に向けた。本田がイネのことをどの程度知っているのかも知らない。個人的なことでは、オーストラリア大使館へ行って、父親について何の成果も無かったことだけは感じているらしい。家を出たことを話してみたいと思った。

「本田さん、私、二週間前に叔母の家を出たんです」

「…………」

「従姉妹の三姉妹も、みんな結婚して子供の親になっているんですから、あまりぼんやりもできないと思って」

「…………」

「今年は三十三の厄年だし、お餅をついて祝う年ですから」

「……厄年」

「あれぇ……来年だったかしら。厄年ってお祝いではなかったですか？」

イネは一頻り笑ってから言った。今年の初めから叔父と叔母にお願いしてきたこと、漸く叔母たちにも納得してもらえる小さなマンションを真一郎が見つけてくれたこと、一つずつ経緯を話した。ワンルーム形式のマンションで、実際にはマンションと言えるかどうか。アパートと言った方がしっくりくるし、取り得は新しいというだけ。信濃町は、叔母の家がある紀尾井町からすぐだし、完全に自立したとは言い難い。しかも、中学校二年の冬に母が亡くなって、初めての一人暮らしだから、たいへんに遅い自立だった。

できればこれから、独りで暮らして行けるよう計画を立てて、叔母たちにあまり迷惑をかけないで生きて行きたい。そう訥々と訴えるように話すイネが哀れだったのだろう。

本田は目を伏せて聞いている。かと思うと、今度はじいっとイネの目を見つめていたりと、イネの真摯な気持ちが伝わってきても、どうにもかける言葉が無くて為す術も無かったのだろう。

イネが独りで生きる覚悟を決めたことを感じ取ったらしく、あまり役に立たない慰めを言っても仕方ないと思ったのか、黙ってイネを見ているしかなかったのだろう。

彼が辛そうに黙っていることに耐えられなくなったイネは、らしくもなく、今設計中で大学の寮になる鉄筋五階建ての豪奢なマンションの話をしたり、従兄妹の政子がまた新しい外車を買ったこと、挙句の果てには、美味しい蕎麦を作るにはまず出汁から選ばないといけない、などと口にしてしまい、さすがに恥ずかしくなって下を向いてしまった。

もう話すことがなくなってしまった。長い連休を独りで過ごす寂しさが込み上げてくる。

「歳とったのかしら。この頃、涙腺がゆるんじゃって……」

「今ちゃんでも、機関銃みたいに喋ることもあるんだねぇ。へぇぇ」

本田はおどけたように言った。イネが更に下を向いてしまうと、小さい声で呟いた。

「時間を止めることができれば……」

「……?」

何故かイネの心臓がドキンと鳴った。

客が居なくなった広い喫茶店は、ウェイトレスたちの姿も見えない。これから深夜の客で混み合う前の準備が忙しいのか、厨房の辺りから騒音が聞こえてくる。

「駅まで一緒に歩こうか」

喫茶店を出ると、本田が言った。建築現場以外で一緒に歩くのは初めてだったから、少し勝手が違って緊張してしまう。イネは斜め後ろを黙って歩いた。

突然、誠に突然に、母が父の後ろを歩いている姿が浮かんできた。想像だけで創り上げた父、腰高の大きな背中をした将校の後ろを歩く着物の小さな母が、今、本田の大きな背中の後ろを歩く自分に重なったのである。イネは母のように小さくもなく、着物も着ていないのだが。

一言も交わさずに、とうとう駅に着いてしまった。イネは二週間前から、渡そうかどうしようかと迷っていたメモを握り締めた。

「本田さん、これ……」

差し出した手に本田も手を伸ばす。大きな温かい手、心の中で慕い続けた人の手がイネの両手を包み込むように重なった。

「仕事の助手が必要でしたら、お電話ください」

すぐに手を引いて、冗談ぽく囁いて、彼の横を走り抜けて改札に向かった。振り向くことができなかった。

イネには判っていた。絶対に連絡が来ないことが。それでも、何処にも出かけずに、電話のベルを待つのだった。

連休明けから、またしても猛烈な忙しさで日々が過ぎた。大使館への連絡もつい億劫になり、延び延びとなっていた。そんな慌ただしい中でも、段々にアパートでの暮らしにも慣れ、自分の生活のリズムを見つけていた。梅雨に入ったような鬱陶しい天気以外は、まあまあ快適だった。

久しぶりに仕事が早く片付き、いつもより早く会社を出た。ふと、叔母の家に寄ってみようかと思ったが、あまりない早仕舞いだから家へ帰ることにする。真っすぐアパートに戻って夕食を作って食べた。

イネは料理は嫌いではない。時間があれば叔母の家でも台所に立って手伝っていたから、料理の腕はなかなかのものだと褒められていた。

電話が鳴り、壁の時計を見上げる。九時頃にかかる電話は、大抵は叔母か政子だから、イネは気楽に受話器を取った。

「はい、こんばんは」

一瞬の沈黙のあと、丁寧な英語が耳に飛び込んできた。

「オーストラリア大使館の者です。今泉イネさんと話をしたいのですが、可能でしょうか」

イネは一瞬しまったと思ったが、大きく息を吸い込み背筋を伸ばして、受話器を握り直す。

「イネは私です。今、私は大使館のどなたとお話をしているのでしょうか？」

できるだけゆっくりと丁寧に訊き返す。

「私の名前はジョンといいます。移民担当官です」

移民担当官が何の用かという疑問と同時に、ジョンと名乗った二月の係官を思い出した。挑戦的な言葉が口を衝いて出た。

「ジョン・アンダーソンさんなら二月にお会いしましたが、何か御用ですか」

「いやいや、私はアンダーソンではなく、ブラウンという者です。ジョンは非常にありふれた名前で、オーストラリア人の男の、三分の一がジョンですから」

電話口から、カラカラと笑い声が響いた後、一転して丁寧な話し方になった。

「そのジョン・アンダーソンですが大使館を辞めて帰国しました。その後になって、何件かの苦情が入っていたことが判り、現在、調査とあと始末を私が担当しています。

その中に貴女宛の書簡の写しを見つけたので、詳細を伺いたいと、四月頃貴女のオフィスに連絡しましたが、行き違いがあったようで今日になってしまいました。

貴女のご自宅に電話すると、この電話番号を教えてくださったので、夜間に申し訳ないと思ったのですが、是非お話を聞かせてほしいのです」

穏やかな声で説明し、それからアンダーソン氏の非礼を誠に丁寧に詫びてくれた。

「彼はスミス元中将の調査も何もしないまま、イギリス海軍の名簿とファイルを見ただけで、処理をしようと考えたようです。たいへん遺憾であり、大使館として深くお詫び申し上げます」

イネは、時間を作って再び大使館を訪ねる約束をして、電話を切った。とても大切な事柄なので、自分の英語力のこともあり、このジョン・ブラウン氏と会って顔を見て話す方がよいと判断したからだ。

一週間後の金曜日にお互いの都合が合い、午後一時半に訪ねることが決まった。そしてその日の今日、ゆっくり駅から歩いて大使館には十五分前に着いた。

既にイネの到着を待っていてくれたジョン・ブラウン氏は、六十歳ぐらいの白髪の紳士で、にこやかに温かい笑みを浮かべている。日本式に腰を折り、頭を下げるお辞儀で挨拶して、さあどうぞと、彼のオフィスだと思われる部屋に案内してくれた。イネに椅子を勧め、きれいな日本語でイネに話しかけてきたのである。

「緑茶、紅茶、コーヒーにジュース、何でも好きな飲み物を言ってください。どうか楽にしてください」

「それでは緑茶をお願い致します」

イネも日本語で言って頭を下げた。

ブラウン氏は自身で、上手な手つきでお茶を入れて出してくれた。ほどよい温度のまろやかなお茶だった。約束の一時半までにはまだ時間もあり、帰りは雨になるだろうかと思いながら芝公園から歩いてきたので、お茶が殊のほか美味しかった。

二月に訪ねた時は、長い間待たされたあとに応接室に通されて、館員がコーヒーを運んできた。大使館といっても、応対する人によってこんなにも違うものかと思いながら、氏の大きな机の上の家族の写真を眺めた。不思議に心が和むような部屋だった。

ゆっくりお茶を味わったあと、イネは真っすぐブラウン氏を見つめて、美味しいお茶のお礼を言って頭を下げた。ブラウン氏は、イネの顔や動作を優しい眼で見ながら話し始めた。

「私の日本語は挨拶と初歩の会話だけです。これから先は英語で勘弁してください。まずこの写真を見てください。貴女のお母さまだと思いますが」

瞬間イネは目を閉じていた。ゆっくりと開けた目で確かめた、夢ではない。間違いなくイネの母、舞子が写っていたのである。イネは黙ってバッグから、あの一枚の写真を出してブラウン氏の前に置いた。

ブラウン氏は、手品でもしているように、次から次に似たような写真を出して並べた。父とイネの写真、父と母とイネの親子三人の写真が何枚も並び、そしてその横に何十枚もの母の写真が、手品師の手から繰り出される、魔法のトランプみたいに並べられたのである。

「実は四月に貴女と連絡がとれなかったあとに、上手く貴女の父君スミス氏と、電話で話すことができたのです」

イネは思わず起立していた。ぽかんと開いた口からは一瞬の間、息も漏れてこないようだった。ただ茫然と立ったまま、時間が止まったようだった。気がつくと、顔も手も脚も体全体が浮いて、揺れているようだった。

父は死んではいなかったのだ。生きていたのだ。私にも生きている親がいたのだ。ブラウン氏が立ってきて、イネの腕と肩を支えるようにして、椅子に座らせてくれた。イネの大きな目から涙が流れ落ちて、それでもイネの顔は確かに笑っていたのだ。

「貴女の父君は、すぐにこれらの写真をキャンベラの外務省に届け、先週私の手元に届いたのです。今日、貴女に会うことは話してあります。あとで貴女に会って詳細を伝えたことなど、電話するつもりでおります」

これは夢なんかではない。このあと父と電話で話すというのだから。ブラウン氏はそこで「あっ」と叫んで、自分で頭を叩いた。

「今、電話すればいいのだ。何故気がつかなかったのだろう。うん、丁度時間もいい」

そう言ったと思ったら、既に交換室に番号を伝えている。

イネはこういう場合の、精神の均衡の取り方が解らない。何時でもただ泣くか、笑うかのどちらかなのだ。

ブラウン氏が嬉しそうに頷きながら、受話器を震えているイネの手に載せてくれた。心臓が口から飛び出して、弾けてしまうかもしれないと思うほどの勢いで打っている。

震える手で受話器を耳に当てると、父親の声は太く柔らかく、そして優しく包み込むような響きで聞こえてきた。

「オー、イネ……。私の娘、私の宝、私のエンジェル……。

今すぐ会いたい。来なさい、オーストラリアに。今すぐここに来なさい。いやいや、私が迎えに行こう……。うむ、その方が……」

胸の中にゆっくりと染み透ってくるように温かく、生まれて初めて味わう感覚だった。長い間、自分の出生を恨んできたことなど、跡形もなく消え失せていた。

固く両手で握りしめた受話器から聞こえてくる父親の言葉に頷きながら、目と鼻から涙を垂れ流しているだけだったのである。

電話を切って、漸く落ち着いてきた頃に、ブラウン氏はファイルを見ながら父についての調査結果を話してくれた。

「一九五〇年の朝鮮戦争では、イギリス海軍の将校として韓国に赴任しています。一九六〇年から始まったベトナム戦争でも任務に就きました。但しその頃には出世され、七三年に海軍中将になられたようで、ベトナム戦争終了後、少しあとに、オーストラリア海軍に移られています。

ロンドンで生まれ、ご両親の仕事の関係でしょうが、小さい頃はスコットランドのエジンバラに住まれていました。高校と大学時代はまたロンドンだったようです。その頃、両親とオーストラリアに移住することになりました。海流の研究が専門だったからでしょうか。そのままイギリス海軍に所属し、アジア戦線には一九四四年から出征しました。

一九四五年の八月の終戦の時には、東京湾に停泊していたと、この前の電話で話してくださったから、朝鮮戦争の終わる頃までは、貴女のお母さまとは連絡しあっていたのだと思います」

イネは、初めて母が父に会った日の話を叔父から聞いている。怪我をした母を助けて、英国海軍のジープで家まで親切に送ってくれた人だったということを。だがその時、誰一人お礼も言わず、そのままになったというのに、何年後かには自分が生まれたのである。

父は母と結婚して、オーストラリアに連れて帰りたいと願って、毎日のように大和屋に来ていたとも、叔父は言っていた。

ぼうっと考えに沈んでいるイネに、ブラウン氏が声をかけた。

「貴女のビザをすぐに発給しましょう。観光ビザで行かれますか？」

「…………」

「それとも滞在ビザが必要ですか？」

「…………」

「ああ、それも父君と相談して決めましょう」

ブラウン氏は、懇意にしている旅行社があるか、会社は何時でも休めるかなど訊き、どんどん話を進めていく。

「今日、パスポートをお持ちでしたら、お借りできますか」

「ええ、持ってきています。どうぞ」

ブラウン氏に渡しながらイネは呟いた。

「まだ夢を見ているようです」

「ハッハッハッ」

明るく笑って、ブラウン氏は心から嬉しそうに言った。

「ビザの発給後、すぐご連絡をします。この前の電話の時も今も、逢いたいと叫ぶようにおっしゃっていました。スミス氏は今にも飛んで来そうな口ぶりでしたよ。良かったですね、イネさん」

そして写真を丁寧に封筒に戻した。

「この本も一緒に入れておきますから、あとで見てください」

イネに頷くような仕草で、一冊の分厚い本を封筒と一緒に、大使館の紙袋に入れて渡してくれた。

「ありがとうございます」

イネは、丁寧にお辞儀をして日本語で言った。ブラウン氏も日本語で言う。

「何時でも訪ねて来てください。どんなに忙しくても貴女に会える時間を作ります」

紙袋はずっしりと重く、胸に抱くようにして大使館を出た。

二

もう既に雨が降り出していた。駅でタクシーを降りると公衆電話から、本田に連絡を入れた。

「これから会社に出ますから」

彼はイネの言葉の裏を読もうとでもしているのか、声を詰まらせていた。

「私の人生で最高のことが起きたので、まず本田さんに伝えたいんです」

イネは早口で言って、一方的に電話を切って電車に乗った。

今日は休日にしてもらっていたから昼過ぎにアパートから出てきたが、急ぎのトレースもあるので、会社に出ることにした。ほんとうの理由は、本田の顔を見て、今日の嬉しい出来事を伝えたかったのだ。

金曜日だから今日のうちに伝えたい、月曜日まではとても待てないと思った。子供みたいに嬉しさが込み上げてくる。父が生きていたのだから、きっと喜んでくれるだろう。

嬉しくて嬉しくてにたにた笑っていたのだろう。空いている山手線の、向かいの席の男性が笑い返してきて、ゾッとなった。締まりのない自分の顔が恥ずかしくて、そっと席を立ち、次の品川の駅で降りて次に来た電車に乗り直した。

会社に出ると四時を少し回っていた。そうっと設計室のドアを開けると、図面を広げて打ち合わせ中の本田と目が合った。他の誰もイネが入ってきたことさえ気づかないようだが、彼だけはイネが来るのをずっと待っていたのだろう。

イネは隅のロッカーに傘と大切な紙袋とを仕舞い、腕貫を両腕にしながら席に着いた。図面台のカバーを取ってたたみ、納期の迫っている急ぎのトレースを始めた。

三十分ほどで打ち合わせを終えたようで、隣の席に戻ってきた。【父が見つかりました。生きていました。電話の声が温かくて、来なさい、今すぐ会いたいとも言ってくれました】と書いたメモを隣の机の端に置いた。

五時半きっかりに急ぎのトレースを終えたイネは、小声で訊いた。

「今日は帰っていいですか。紀尾井町に寄って行きますから」

「ああいいよ」

暫くして「どうぞ」と言った。

「雨降ってますから」と、何の繋がりもないのに。

叔母の家に着くと、珍しく叔父がもう帰っていて、二人で玄関まで出迎えてくれた。イネはそんなことにさえ、胸に熱いものが込み上げて困った。元気よく「ただいま」と言ったけれど、盛り上がる涙は頬を伝った。

居間に入ると、二人はイネを両脇から抱えるようにして、長椅子にかけた。帰りの電車の中で、叔母に伝える順序を間違えないように、頭の中で繰り返してきたにも関わらず、口から最初に出てきた言葉は、全く違うものになっていた。

「お父さんが今すぐ私に会いたいと言ってくれました」

二人は驚愕の表情でイネを見る。イネは既に泣き笑いの顔になっていた。

「待て待てイネ、落ち着いて話しなさい」

「お茶をお持ち致しました」

お手伝いの声がドアの外から聞こえ、叔母がすぐに立って行った。

さすがにこの家のお茶は美味しい。ゆっくりと気持ちが落ち着いてくるのを感じた。イネは大使館でのことを詳しく語り、ブラウン氏が繋いでくれた電話で、父の声を聞いた瞬間の高鳴る動悸と不思議な感動と、父が私の宝だと言い、エンジェルだと言ったことなど、全部話し終わった時には、籠いっぱい盛り上がるほどに、ティッシュが山になっていた。

タクシーでイネが帰って行ったあと、叔母夫婦は奥の仏間に向かった。

「驚いたなぁ。ウィリアムさん、生きていたんだな」

「ええ、驚きました。でも良かったわ」

「ウィリアムさんらしいなぁ。宝ねぇ、うーん」

「エンジェルの方がイネらしいわ」

「うむ、これでイネの人生も変わるだろう。あの人のことだからイネを放ってはおかないだろう」

「すぐに迎えに来たらどうします……」

「あんなに喜んでいるんだ。一緒にオーストラリアに行くだろうさ」

「ああ、舞子姉さんに報告しなくては……」


ブラウン氏が紙袋に入れてくれた本は、オレンジ色のエアーズロックが表紙になった分厚いオーストラリアの写真集だった。

夕飯を食べて行けという叔母夫婦を振り切って、呼んでくれたタクシーでアパートに向かった。雨は小降りにはなっていたが降り続いていた。

このアパートはどういう訳か玄関が広くて、エレベーターの前のロビーも結構な広さがある。エレベーターを降りたところで、部屋で電話が鳴っているのが聞こえ、慌てて鍵を開けて電話に出た。

「はい、今泉でございます」

「……本田です」

心の中で――あっ――と叫んでいた。

「……駅からですか」

「まだ会社です。仕事が捗らなくて……」

「すみません、私ばかり早く帰していただいて……」

「…………」

「本田さんの図面、赤坂の新築ビルでしたよね」

イネには解っている。彼が訊きたいと思っていることが、百パーセント解っているのに、何という話をするのだろうと、自分でもいらいらと焦ってきた。何時もこうなんだ。肝心な時に話したい内容に直接入って行けない、スムースに会話が繋がらない、関係ないことを話してしまう。

本田は私的なことになると、イネに輪をかけて言葉が出ない人だ。仕事になると確実に人を説き、チーフとしてのリーダーシップの取れる人なんだが。このギャップが、イネに対する優しさからということは解ってきているし、この頃では、自分よりも更に彼が苦悩していることも感じ取っていた。

「いいんだ。あと一時間ほどでお終いにしよう」

「はい」

電話は向こうから切れた。

番号を伝えてから一度も電話をもらったことなどない。初めて私にかけてくれたのだと思うと、胸が熱くなった。


一時間後にイネは、改札口へゆっくりと進む大きな背丈の、少し前屈みに歩く人を見つけていた。本田が必ず通り抜ける一番左の改札をイネは知っているから、刑事みたいに待ち伏せしたのである。長い脚で素早く近寄った。

「本田さん」

目の前に立ったイネの足元から視線を上げ、イネの顔をみて、ニコッと笑った本田の顔は泣き笑いのように見えた。

「食事済んだの?」

イネは黙って首を振った。叔母の家で虎屋の羊羹を食べたきり、アパートではお茶さえも飲んでいなかった。

「お腹ぺこぺこです。今思い出しました。本田さんは?」

「僕も何も食べていない。ぺこぺこだ」

彼は一瞬考えてから、真っすぐ歩き出した。イネは後ろをついて行きながら、今は雨は止んでいるがすぐにまた降り出すだろうと、遠くの空を見ていると、本田が独り言みたいに呟いた。

「あのレストランにしよう」

二人の脚は、中央公園の前のレストランに向かっていた。以前一度、本田は打ち合わせの帰りに、施工の代表数人と食事をしたことがあって、なかなか感じの良いレストランだったのを思い出したのだという。

「この時間なら予約なしでも大丈夫だろう」

また、ボソッと言うのが聞こえた。今夜で一緒に歩くのは二度目だと思いながら、イネは彼の大きな背中の斜め後ろを歩いた。

やはりレストランは混んでいたが、二人ならと言って一番隅の窓際の、小さなテーブルに案内してくれた。

小さなテーブルに向き合って座ると、何となく居心地が悪くて下を向いてしまう。毎日隣同士で机を並べて仕事しているけれど、真っすぐに目線が合わないから耐えられるのだ。それに図面台も机も大きいから、二人の間の空間はかなりある。こんなに小さなテーブルは困る。

二ヶ月ほど前のゴールデンウィークの始まる前の夜、喫茶店でパスタをご馳走になって、コーヒーを飲んだことはあるが、こんなレストランでの二人だけの夕食は初めてである。

また二月の雪の降りそうな寒い日に、叔母夫婦と一緒にオーストラリア大使館へ行き、あのジョン・アンダーソン氏から受けた嫌な思いを振り落とすように、帰りの蕎麦屋で熱い蕎麦を叔父にご馳走になった。明くる日には本田がお昼をご馳走しようと言ってくれたが、結局、実現はしなかった。もしかして今夜が最後の食事になるかも、そんな予感がする。

今日会ったジョン・ブラウン氏は、アンダーソン氏とは全く違う感じで、同じ大使館に勤める人でもずいぶん違うものだと思ったが、ブラウン氏とは、向かい合っているだけで温かい気分になった。

今、テーブルの前に座っている彼からも、ブラウン氏と同じように温かいものを感じる。嬉しいのに、この場から逃げ出したいほど緊張している。

「オーストラリアに行ってしまうんだろう？」

「いえ、はい……それはまだ……」

「……メモ見たよ。優しくて素敵なお父さんのようだね」

「はい。とても温かい声で、私のことを宝だとか、エンジェルとか言って」

「へぇ〜そんなふうに言ったの。カッコ良いね。おめでとう」

「はい、生まれて初めての感覚です。とっても嬉しいのに妙な感じです」

「お祝いだな。何、食べる？」

イネは和風ステーキを頼み、彼はポークフィレの生姜焼きを頼んだ。

「二人とも似たようなものを注文するんだなぁ」

他愛もない会話の間も、その瞳はしっかりとイネを捉えている。

その眼が怖いほど真剣なので、耐えられなくて横を向いてしまった。窓の外のまた降り出した雨を見ていた。すると本田が静かな声で言った。

「僕は貴女に、とうとう何も手助けしてあげられなかった。許してほしい」

今泉さんでもなく、今ちゃんでもなく、君でもなかった。イネは貴女と呼ばれたことは一度も無かったから、真っすぐな気持ちが伝わってきて、窓の外の雨からゆっくりと目を戻した。

本田がまだ刺すようにイネを見ていた。今夜は絶対に泣くまいと決心して出てきたのに、何ということだ。じわりと目の奥が熱くなってきた。

「観光ビザがおりたらすぐにお休みを頂いて、一週間から十日ほど行きたいのですが。もちろん残っているトレースはできるだけ早く仕上げます。

来週月曜日から残業して補いますので、宜しければ社長に話してくださいませんか？」

これだけのことを頼むのに、イネはほとんど聞き取れないほど小声で、ぽつりぽつりと小さな子供のように話す。

「大丈夫だろう。社長には僕から話してあげるよ。心配要らないから」

彼は天井を向いたまま言った。

食事が運ばれてきた頃には、二人ともほとんど同時に立ち直っていた。

「今ちゃんの居ない職場はつまらないだろうなぁ」

本田は軽口が言えるまでに。

「すぐに帰ってきますから、まだクビにしないでください」

イネも、小さな声ながら負けずに返せるほどに。

「オーストラリアに住むかどうかなども、父に会ってみないと判りませんから。住むことになったとしてもまだ時間がかかります。今暫くは、日本に置いてください」

結局、この食事から四年後、イネはオーストラリアに移住した。

三

寝台列車に揺られながら、ベッドに横になっていても眠ることはできなくて、過去に思いを馳せていた。自分の人生を振り返る旅になったと思う。

オーストラリア大使館のブラウン氏に会った最初の日にもらった写真集、エアーズロックが表紙になった本の中の、オーストラリアの中央部にある町を今回漸く訪ねることができた。

列車ザ・ガンの振動には一定のリズムがあることを発見して、身体が音楽を聴くようにゆっくりと目覚めてゆく。時計を見ると二時間ほど眠ったようだ。太陽の昇るずっと前に、はっきりと目覚めていて、真っ暗な東の空がほんの少し明るくなってくる頃から、外を眺めていた。

東京で育ったイネには、オーストラリアで生活するまで、夜が真っ暗だという実感がなかった。月が出ている夜などは青光りするように明るいし、月のない夜でも満天の星が輝いているのだが、ユーカリの大木の森に囲まれている道や、家も無い田舎の道路を走っていると、何処までも黒い景色の中に、自分の車のヘッドライトだけがある。

登りの傾斜ではヘッドライトの光は空へ向かって放たれ、車は漆黒の闇の世界へ跳躍する。

スーッと吸い込まれてゆくような錯覚に襲われる。カーブなどに差しかかると道は消えてしまい、前方はただ限りなく不気味に深く黒い。一瞬だが車ごと浮いたような感覚になる。錯覚だと解っていても、ゾーッと不安が背中を濡らす。

日本に住んでいた頃、どんな人気のない田舎へ行っても、人工的な光があったように思う。たぶん日本の道路には街灯があるからだろう。それがこの国オーストラリアに来て、人の住む場所でさえも、ごく自然に夜は暗いものだと理解したのであった。

だから、朝の日の出の感激ときらめく明るさは、富士山の頂上で日の出を拝むような、晴れがましい感動を伴って嬉しさが込み上げてくる。

今朝も列車の中から、昇ってくる太陽を待ちかねているイネには、二十二年もこの国に住んでいるのに、初めて自分がこの大地の子になったような気がしていた。エアーズロックへの五日間の旅は、一歩前へとイネの背中を強く押してくれたのだろう。

あと何年、生きられるのだろうか。突然逝ってしまった母のように、死は唐突にやって来るのか。それとも一ヶ月前に、漸く癌の苦しみから解き放たれた父のように、ゆっくりと死は訪れるのか。

癌で苦しむ者の傍に居ると、娘であれ妻であれ夫であれ、この苦しみから早く解放してあげたいと望むのは不謹慎だろうか。

人は生まれた瞬間から、死に向かって突き進んで行くものなのだろうが、長い年月をかけてゆっくりと行く人も居れば、あっという間に人生を終わってしまう人も居る。

人に限らず、生きる全てのものに生命がある。木々にさえ命が尽きる日が来るのだし、永遠と思える石や岩さえも砕け散り形を変える。この美しい水の惑星も形を変えてゆくだろうし、無限と感じる宇宙さえも膨大な時間をかけて、いずれは変わるだろう。

人の命は長いようで短い。兄のように僅かに五年で終わることだってある。一人一人みんな違った人生で、十人居れば十の人生があり、百人なら百の違った人生がある。

そしてこの地球上に、六十五億人の人生があり、星の数ほどの人生が光ったり流れたりしているのだ。夜空に輝く星座のように、神秘なものに思えてくる。

アデレードに帰り着いて妹と会社を設立することを約束したら、それから暫く日本へ行かせてもらうことにしよう。移住した際に気持ちに限をつけて出てきたつもりだったが、今一度、本田に会いたい。移住してからも心の中で慕い続けたことを話したいと思う。

彼の家庭を壊すことなどは考えられないけれど、いや考えたところでどうにかなるものではない。ただ伝えておきたい、長い間の自分の気持ちだけは。

会ってくれるかどうかも判らないけれど、このまま黙っている訳にはいかないような気持ちがするのだ。もちろんイネ自身のためだけのことだが。どんな結果になろうといいのだ。ただ純粋に気持ちだけを伝えに行く。

二十二年前に日本を離れて、とうとう一度も日本を訪ねることはなかったが、何時でも自分は日本人であると思う。

この国に住んではいるが、オーストラリア人ではないし、イギリス人の父親でも自分はイギリス人ではないのだ。

あの素晴らしい山間の町で生まれ、東京で育った自分は、やはり日本人なのだ。中学二年の時、母が逝き、高校を卒業後十六年間勤めた設計事務所の上司に憧れて、憧れから次第に慕う気持ちが強くなっていった。

来年の三月には、本田は定年になるだろう。イネが辞める頃、僕も間もなく本社に戻ることになるだろうと言っていたから、あの設計事務所にはもちろんもう居ないだろう。

もし彼が会ってくれたなら、きっぱりと気持ちを切り替えられる。これから新しく進むことに決めた人生に、妹と二人で邁進して行こう。そのためにもきちんと会わなければならない。心のけじめとして。

叔父の見舞いもしたいし、叔母にも会いたい。あの懐かしい山間の町も頭に浮かんでくる。私が生まれた家で十日後に生まれた小町は元気だろうか。

「四十六年ぶりに、小町ちゃんを訪ねてみようかしら」

自然に独り言になってしまう。

昨日の午後、駅のホームで見かけたあのアボリジニの少女のようだった小町。もう孫が居るだろう。そうだ、あのひらひらの水着の写真を持って行こう。良い思い出だ。きっと懐かしがって、子供の頃のように笑い転げることだろう。


成田を発ったあの日、叔母たち夫婦と真一郎の家族、政子に奈美子、そして祥子の家族が見送りに来てくれ、賑々しい別れになった。

その人々のずっと後ろに立った本田が、イネを睨むような眼で見ているのを知ってはいた。けれど、迎えに来てくれた父の腕に、抱かれるようにして泣き笑い、頭を下げて叔母たち家族に手を振っていただけだった。彼にはお礼さえも言えずに日本を離れた。

忘れようとしても忘れられなかった人。イネが生涯にただ一人、想いを寄せた人であった。父も病が重くなってゆく日々の中で、会った方が良いと何回もアドバイスしてくれたのだから、そうだ、やはり彼に会いに行こう。

列車は、アデレードのザ・ガンの発着する特別駅に滑り込んだ。丁度十時であった。昨日の昼から一晩中走っても、僅かに三十分の遅れだから、大したものだとイネは思わずにやりと笑った。

ホームに降り立って、ブライアンとパトリシアに別れの挨拶をする。

「これから先の、旅の無事と幸運を祈っているわ。大きなオパールを見つけて、宇宙旅行のツアーの申し込みができるように。もし乗組員になれたら写真を撮って、メールで送ってくださいね。陰ながら祈っていますから、頑張って大きなオパール掘り当ててね。お元気で」

しっかり抱き合ったあと別れた。

イネは駅から出ているバスに乗った。アデレードの中央駅まで行ってタクシーで帰ることにしようと考えながら、中央駅に着いてバスを降りると、なんと、そこに妹ヘレンが、ニコニコしながら待っていたのである。

背はイネとほぼ同じに高く、横幅だけはイネよりひと回りほど大きいだろうと思われるこの妹は、誠に大らかで明るい。

妹二人の母親は、父が母をオーストラリアに連れてくることに失敗したあと、両親から薦められて初めて会ったという隣家に住んでいたアンだ。朝鮮戦争の停戦後、一九五四年に父と結婚した。

そして、女の子が二人生まれた。下の娘ヘレンが小学校を終えた時点で、父の両親とアンの母は既に亡くなっていた。アンの父親だけが生きていたが、特別養護老人ホームで暮らしていた。父はアンとともに娘二人の教育を考えて、アデレードからシドニーに移ることにしたという。家族にとっては移住の時期だったかもしれない。とは言っても、ベトナム戦争の真っ直中で、父はほとんど軍艦の上だったのだろうけれど。

長女エリザベスは、シドニー市内のメディカルセンターで開業医となっている。今、目の前で笑っているヘレンは次女である。

ヘレンは母親に似ている。似ているというよりも、アンに瓜二つと言った方が当たっているかもしれない。気性も大らかでこの上なく優しい。

長女のエリザベスは、どちらかというと父親似である。繊細で優しく、医者に向いているらしくて、患者にも人気があるのだと聞いている。

今でこそ、妹たちとの関係は良好だが、初めからそうだった訳ではない。

移住した頃、父とアンが住むシドニーの家で一緒に生活を始めたイネは、新しい環境に慣れることばかりに集中する日々を過ごしていた。既に結婚していた妹たちも頻繁に訪ねてきていたのだが、イネには、二人の気持ちなど考える余裕はなかった。

ある日、アンがエリザベスとヘレンを叱っているのを聞いて、慄然となった。自分が来たために、妹たちが面白くない日々を過ごしていることを知った時の悲しさと寂しさは、再びイネに孤独だった日々を思い出させた。と同時に、自分には人との調和のとれない頑なな心があることを思い知った。三十も半ばを迎えているというのに、何も知ろうとしなかった自身の恥ずかしさと申し訳なさで、心も身体も萎んでゆくような日々が続いた。

移住してすぐ、妹たちのイネに対する嫉妬を、アンは二人の娘に一度だけかなり強い調子で叱ったことがあったらしい。しかしその後は、二人がイネの揚げ足をとったり、難しい英語で攻撃しているのも黙って見ていて、イネが勉強に戻ると、二人に向かって声をかけていたという。

「あれで気が済んだの？」

「今の気分はどう？」

「良い気分なら引き続きイジワルをすればいいわ」

アンは、三十半ばの大人になってやってきた義理の娘となるイネも、自分の二人の娘も、ともにこの難しい時期が必要だと思っていたようだ。お互いが今ぶつかりあって、そしてそこから越えなければならない。嫉妬やわだかまりを全部吐き出してしまわなければ、お互いが理解できないことを知っていたようで、その時期を待っていたようにも思える。

結局二人が完全にイネを受け入れるのに、二年余りの月日が必要だった。

もちろんイネ自身も、家族というものができてみれば、嬉しい反面、今まで思ったこともなかった煩わしさに閉口していた。イネ自身が煩わしいと思わなくなった時がやはり二年後で、三人の娘たちが揃ってほんとうの意味での大人になったことを、父親とアンは頷きあって喜んだのではなかろうか。

移住当初から、父親はイネの設計の技術を見抜いていて、早々に国立専門学校で英語を勉強させ、英語力に全く問題がなくなると、オーストラリア国内で行われている英語検定試験（ＩＥＬＴＳ）を受けさせた。イネは満点に近い点数で合格し、工科大学へ入学した。建築と設計の勉強は興味深く、イネを夢中にさせたのである。大学院での勉強を修了して免状を手に就職した時、イネは丁度四十歳になっていた。

イネは妹ヘレンの夫、ボブの会社へ就職した。ボブが経営する建設会社は、ボブの父親と祖父が協力して設立し、規模を拡張していったそうだ。そこに就職した時から、建築設計部門に配属された。

建築設計の技師となったイネの専門は、シドニー湾に沿って立ち並ぶ大豪邸の改築と、新築のマンションやユニットの設計だったが、どちらかというと古い家の改築に興味があり、得意分野にしていた。

更には、ボブからさまざまな現場での技術的テクニックを学んだ。

彼は従業員の安全にも心がけて、自身でいろいろな装置を開発していた。特に、レンガをベルトコンベアーで運び上げる際には独特の安全工夫を施したり、高いビルでの仕事では、彼自身が開発した安全ベルトを必ず着用する決まりを徹底させた。厳しいところもあるが皆に尊敬される社長である。

イネはそのような環境で、オーストラリアの建築家として経験を積んで、黙々と生きてきたのである。

ボブとヘレンは、ヘレンが大学でインテリアを勉強していた時に知り合って結婚したという。騒々しいほど話し好きのボブだが、決して傲慢な感じではない。何時も誰かと話していて、またその声が大きいのだ。

客が居なくなると、話し相手がヘレンになる。ボブが話している間中、ヘレンは話の腰を折るようなことを決してしない。間合いよく、五分毎ぐらいに「イエス、ダーリン」と合いの手を入れるだけで、他には何も言わないのだ。顔は何時もニコニコ笑っている。なかなか似合いの夫婦だ。

ヘレンとボブは、体型が似ていて顔まで似ているので、夫婦というよりは兄妹のようにイネには見える。

イネが大学での勉強を終えて免状を手に就職した同じ年に、イネにもよくしてくれたアンが、心臓発作で倒れて亡くなった。父親より十七年も先に逝ってしまった。

アンの突然の死は、深い悲しみを家族の皆に経験させることになったが、家族が強い絆で結びつき、助け合ったことも事実だった。

エリザベスとヘレンは、結婚して親になっていたが頻繁に訪ねてくれて、何かと父親を助けていた。特に妻を失った父への精神的支えは有り難く、父が寂しくないようにと心を配ってくれる。この時ほど、二人の妹の存在が有り難く感じたことはない。この上もなく頼もしく、イネは心から二人に感謝した。


イネが三十四歳で移住する時、父親は何から何まで移住の手続きを、大使館のブラウン氏の協力で済ませたのであった。ブラウン氏も移住担当官として最後の仕事だった。引退の歳になっていたからである。二人は気が合ったのか、仕事抜きで協力してくれたようにも感じられた。

彼は引退後はクイーンズランド州の海辺に住むことになっていたが、何か事情があったらしく、引っ越す前の二年余りの期間をシドニーのオペラハウスの見えるマンションに夫婦で住んでいた。そのため、お互いの家族同士でよく行き来をし、食事などを共にすることも度々だった。アンや父が生きていた頃の懐かしい思い出になってしまったが。

ブラウン氏はよく冗談で、このマンションが私たちの物なら億万長者なんだがと、とても残念がって拳を振りながらおどけて、皆を笑わせてはディナーの席を華やかにしてくれていた。時には、ブラウン夫妻の娘が小さな孫たちを連れて合流し、和やかな雰囲気の中で楽しい時間だった。

移住担当官がブラウン氏でなく他の人だったら、もしもあのアンダーソン氏のような人だったら、イネの人生は全く違ったものとなっていただろう。

父親が生きていることさえも知らずに、そして自分が生まれることになった両親の愛も知らずに、一生を終わっただろうことは容易に想像がつく。

イネは、ブラウン家を訪ねて彼らに会うとき、何時も目頭が熱くなり困ってしまった。父も全く同じ考えのようで、何時でも、まさしくイネたち親子の恩人であると頷きあって感謝した。

アンが亡くなってほどなく、父親は環境を変えるのが良かろうと、イネと犬三匹、老犬になっているヤマトと、まだ若いオスのコジマと、メスのサクラを連れて、シドニーからキャンベラに引っ越した。

父にとってアンの存在が如何に大きかったか。アンの居なくなったこの家に引き続き住むのは、辛かったのかもしれない。アンの優しさというか性格の良さは、イネがこれまでに会ったどんな人とも違っていた。エリザベスとヘレンの娘二人にとても優しく、気持ちの真っすぐな人だった。心の温かい人だなぁと何度思ったことだろう。

イネにさえも包み込むような温かさのある人で、一度だって嫌な思いをしたことがなかったのである。

新しいキャンベラの家では、親子二人だけの生活になったが、何の苦労も無く仕事をしながら、父と娘だけの静かな生活を送った。

それでもふと、もし母が父と結婚してこの国に来ていたならば、どんな人生になっていたのだろうと考えることもある。少なくとも「あいの子、あいの子」とからかわれて、苛められることはなかっただろう。

そしてアンが旅立って十一年、今度は父が転移性の皮膚癌だと診断されてしまった。その日から父は、精力的に動き回って、イネの将来が心配ないようにと、海軍時代からの友人の弁護士に依頼して、法的な難しい問題から日々のことに至るまで、全部片付けてくれた。

イネとエリザベスとヘレンの娘三人が、何時でも仲良くしていることに感謝しているとよく口にし、人が生まれてそして生きて行くために忘れてはならない大切なものを、教えてくれた気がする。

生きるということは、素晴らしいことである。真摯に自分を見つめ、何ができるかをよく考えること、耐えること、諦めないこと。そして一番大切な、愛するということを、繰り返しイネに伝えようとしてくれた。

改めて、あの何も語らなかった母が、心から愛した人だったことを理解したのである。

四

父は、額と鼻、肩、背中、横腹、膝、脚、肘と、次々に皮膚癌の摘出手術を受け、入退院を繰り返していた。

「イネ、貴女の父、ウィリアム・クリントン・スミスという私の人生は、公的な面は如何にも華やかに見えた人生であったけれどね……」

そう話す父は、自嘲ぎみに何時もの歪んだ笑いを浮かべていた。

「海軍で山ほど勲章をもらったが、身体の勲章はこれだよ」

あちこちの癌の切除痕を指しては、冗談を言うことも忘れなかった。父は笑って言うのだ。

「大学で海流の研究をし、そして海軍将校となり、人生のほとんどを海の上で過ごしたよ。そんな人には避けられない、皮膚癌という勲章だ」

七回目となる今回は、大きいのを三ヶ所も一緒に切除するという。オーストラリアは病院はきれいだし、完全看護で家人が泊まるようなことはない。皮膚癌だと入院も短くて僅かに一日か二日だが、二、三日は病院かもしれないし、家に帰ってからも不自由だろう。暫く仕事を休ませてもらおう。イネは父の世話係を申し出て、三ヶ月の休暇をとった。

退院すればまた、父と二人だけの静かな生活に戻れるだろう。

早朝から始まった手術から目覚めた父は、午後になってベッドから声をかけてきた。

「イネ、お母さんから私のことは何も聞いていなかったと言ったねぇ」

「はい、一度も」

「舞子は私の生涯で、ただ一人心から愛した女性だ。私がどんなに舞子を愛しく思っていたか話してあげよう」

母は、父について一言も語らずに突然逝ってしまった。父が母について語らなければ、私は両親のことを何も知らないままになってしまう。父の病が判ってから、そんな不安がイネに纏わりつくようになった。

アンが生きている間は、父は二人だけで居る時でも、一言も母、舞子のことを口にしなかったのである。イネは一度も母のことを口にしない父に対し、不思議に思うこともあったが、今ではそれがアンに対する父の心からの礼儀であったことが解る。

その証拠に、二人でキャンベラで暮らすようになってから、父が母をこの上なく愛したことを、素敵な人だった、賢くて美しく私の大和撫子だったと、聞かされているのだ。

しかしながら、劇的な出会いのことは知っているが、二人の愛がどのようにして始まり、どのようにして終わったのかは、まだ聞いていなかった。聞いておきたい父の口から。

イネは、静かに話し始めた父親に吸い寄せられるように、目を離すことができなくなった。

私の両親は、古い考え方のイギリス人だったから、息子が敵国だった日本人と結婚するより、隣の家のアンと結婚してほしいと願っていたんだ。舞子が私と結婚はしないし、オーストラリアにも来ないと知って喜んだと思うが、私には一言も、舞子が来ないことを喜んでいるなどとは言わなかった。

だが私は、彼らが何を望んでいるかを知っていたし、少しずつ両親を喜ばせたいとも考えるようになった。私自身もう若くはなかったし、両親には一人息子の私しか居ないのだから、アンとの結婚は避けられないと思ったよ。

エリザベスが生まれた頃から、漸く舞子とは終わったんだと心の中でケジメをつけたんだが、イネを抱いた舞子の姿が頭から消えずに苦しんだ。イネを膝に抱いていた私の腕の感覚も何時までも離れなかったんだ。結婚後の自宅での生活を息苦しく感じることがあり、洋上に出るとホッとしたものだ。

二人の娘も生まれ幸せなのに、何故か何処かが空虚な感じで満たされない。アンには悪いと心の中で謝りながら、早く休暇が終わって洋上へ出たいと願っていたよ。

だからと言って、アンが嫌いというのではなかった。好きだったよ。飾らない性格でとても良い人だったから、結婚する気にもなったし、その後も一緒に暮らせた。私の両親もアンのことをとても気に入ってた。隣同士で特に仲良くしていたからね。

私のアンへの愛情は、最初は両親がアンをとても好いていることから始まっている。結婚した後は、エリザベスとヘレンの母親であること、つまり二人の娘を生んでくれた感謝のようなものになっていた。

アンへの愛情は暮らしの中で徐々に育っていったよ。植えた小さな木が少しずつ大木へ成長するように、ゆっくりとだ。


舞子への私の愛は、そんな感謝のようなものでもなければ、ゆっくり育んだものとは違う。身体の中から湧き上がってくるような感動だった。

太平洋戦争が終わった年だから一九四五年だ。忘れられるものではない。終戦後の八月末には私の乗り組んだ軍艦は、東京湾の入り口に停泊していた。

おそらく、連合軍上層部は早い時期に終戦を知っていたのだろう。今思えば、占領下に置く国の首都、東京の喉元を封鎖する意味もあったのかもしれない。我々の艦もほとんど同時に入港していたからね。

敗戦直後の日本人の顔は、虚脱したような表情であった。誰も彼も泣き出しそうな顔と、笑い出しそうな顔を、どちらにしてよいか判らないという変な顔だった。今起こっている事実が理解できない、という風にも見えたね。

まるで全ての動きが止まってしまい、身体の中を流れる血までも止まって固まったかのように、日本人の誰もが無表情だったのを覚えているよ。


九月になっても私自身、何故かは自分でも解らないけれど、ただ虚しかった。毎日、心が萎えるような遣り切れなさで元気が出ないんだ。連合軍のアメリカの将校たちは、羨ましいほどの元気さで闊歩していた。

これも不思議な感情だが、悲しんでいる日本人たち、苦しんでいる日本人たちが、私には他人に思えないというか、この敗戦の苦しみを分かち合いたいというか、誠に訳の解らない感情の自分自身を持て余していた。

親しくしている調査部の友人に、話してみようかと思ったことさえあるんだが、決して口にはできない個人の感情だと思い直した。話したとしても彼も理解することはなかっただろう。第一に連合軍の将校のとるべき道ではないからね。

私は軍人に向かない弱い人間だから、あのあまりの惨劇に、動転していたのだろう。軍人に有るまじき心の弱さだよ。

私自身が焼け野原の東京を見て困惑している頃、日本の人々も少しずつ敗戦の事実を現実として認め始めた。そうしてみんなの心が現実をがっしりと捉えたあたりから、逞しく動き始めた。生活のためにね。

首都の東京はもちろんのこと、他の都市でも似たようなものだったと思うけれど、食べるものも無くて人々は必死だった。ただ生きるためにね。

その年の、秋も深まった頃だった。私は任務で、東京駅で他の将校の一人と合流して、日比谷公園の前の道路を走って帰途に着くところだった。

若い女性が、男の人に突き飛ばされて倒れたのが見えた。怪我をして起き上がれないようだったから、ジープを停めて助けてあげようとしたんだ。

ところがこの女性がたいへんな剣幕で暴れて、私に向かって大声で「人殺し」と叫ぶんだよ。それも憎悪に怒り狂っている恐ろしい眼だった。初めて本物の日本人に会ったと、雷に打たれたような衝撃を受けた。私は、暴れ狂うその女性を必死で抱き留めながら、本物の日本人を抱きしめていたような気がした。

私たち連合軍が、毎日接していた若い女性たちは仕方がなかったのかもしれないが、大抵みんな阿るような態度だったからね。この長い歴史と素晴らしい伝統を持つ日本人たちの誇りを捨てたような生き方に、がっかりしていたことも事実だ。

我々連合軍は、日本を焼け野原にしておきながら、僭越だし、こんな言い方は間違っていると解っている。

しかし私は、大和魂と大和撫子をずっと長い間信じて過ごしてきたからね。大和魂は人々が言っているような、攻撃的な考えや態度ではないんだ。それは毅然とした男の勇気、日本男子の秩序のことを言うのだ。大和撫子は慎み深く思慮深い、日本女性の賢さを表しているんだ。学生の時に読んだ本の中の大和撫子に憧れていたんだよ。

「お父さん、少し休む？　疲れたでしょう」

「イネ、貴女は私の宝なのだよ。解るかね……。舞子を抱きしめていた感覚が、まだこの腕に残っている」

点滴と機器に繋がれた手が伸ばされてきて、イネは父親の手を優しく握りしめた。父は疲れのためか、手の温もりに安心したのか、そのまま眠り始めた。

夕方には点滴も取れて、自由になった父が、イネの目を見つめて言った。

「続きを話したいが、構わないかい」

またゆっくりと話し始めた。


当時から海軍には良い医者がいてね。舞子、そのときは名前も知らない日本人女性だが、彼女をすぐに診察してくれた。

「膝の下の所の骨にほんの少しだけ罅が入っているが、安静にしていれば問題ないだろう。湿布をして膝を固定させるから、その後送って行け」

実は、その治療の前がたいへんだった。とにかく私たちに触らせないんだ。「汚らわしい触るな」と喚き散らしてね。仕方がないから大男の我々が、小さな女性の身体を押さえて鎮静剤を打って、治療して休ませた。

その後も、私たちには口をきかないから困ってしまった。漸く通訳担当の日本人が来てくれて、住所を訊き出してもらったんだよ。送って行く車の中でも一言も口を開かなかった。それなのに、家に着いて私が抱きかかえると、再び喚き暴れ出してね。実に暴れん坊の大和撫子だった。

家の人たちも呆然としていた。私の下手な日本語が、たぶん解らないのだろうと思って、早々に引き上げたよ。

宿舎に帰ったけれど、興奮して眠れなかった。私はすっかり舞子に心奪われていたのだろう。感動したと言った方が当たっているかもしれない。実に恐ろしい眼をしていたんだ。若い娘の剝き出しの憎悪の眼を見て感動するなんて、今思っても変なことだったのだが。

これが日本人がよく言う縁ということかもしれない。舞子の憎悪の眼差しが脳裏から離れず、私の心臓は激しく鼓動して、終いには目眩を感じた。信じられないかもしれないけど、ほんとうのことだよ。

私はそれから休みの度に、舞子の家を覗きに行ったんだ。もう既に彼女が大和屋の娘で、今泉舞子という人だと、通訳の男性から訊き出して知っていたからね。

脚の怪我はもう治ったかなとか、近くを通りかかったからなどと、口実を作って訪ねてみようかと何回も思ったが、今一歩のところで躊躇して勇気が出なかった。

とうとうチャンスが無いまま十二月になった。そして新しい年が明けて、桜の咲く日本の最も美しい季節が来た時、神が私にチャンスをくださった。

休暇の日だったので、私はあちこちの桜をカメラに収め、知らず知らず東宮御所の前の道から、四ッ谷の駅の方に向かって歩いていたんだ。今は迎賓館になっている所だが、その時、向こうから舞子が歩いてきた。かなり距離はあったが私にはすぐに判った、舞子だと。

思わず十字をきって神に感謝して、真っすぐに舞子を見つめながら早足で近づいた。案の定、彼女は私が誰かなど覚えていないから、顔を横に向けて通り過ぎようとしたんだ。私は、彼女が大声で喚きながら人を呼ぶのが一番怖かったから、静かに声をかけたんだ。

「舞子さん？　私、覚えてる？」

彼女はギョッとなって立ちすくんでしまった。

彼女の目の高さまで腰を折って覗き込むと、くるりと背を向けて、来た道を戻るように歩き出そうとする。私は慌てて彼女の前に回った。

「私、イギリス海軍、ウィリアム」

そう名乗ると、彼女の肩が急に力が抜けてゆくように動いたのが見えた。もう大丈夫、大声は出さないだろうと思ったが、舞子は黙ってお辞儀をしただけで、一言も声を出さなかった。そしてそのまま歩き出したんだ。私は後ろについて歩きながら、下手な日本語で続けたよ。

「怪我、治った？」

「桜きれい。桜好きか」

「どこ行く？」

「私、一緒行っていい？」などなど、知っている限りの日本語を並べて話し続けた。

舞子はそれでも黙って前だけを見て歩いていた。私は諦めず、何度も同じことを繰り返しながら、彼女の後ろから歩いて行ったんだ。

ここで彼女と話せなければ、二度とチャンスは来ないと焦っていたが、彼女の腕を取ることも、肩に触ることも躊躇われた。

それほど彼女は凜としていたね。私は後ろを歩きながら、目の奥が熱くなってくるようだった。たぶん三メートルくらい後ろを歩いていたと思うが、小さな身体のお嬢さんを守って歩く召使いのような気分になってたね。不思議なことだが、歩いているうちに自分が誇らしくなってきたんだ。

私は嬉しくて楽しくて、自然に胸を張って、堂々と行進するみたいに誇らしく歩いていた。人通りが途切れて誰も周りに居なくなった時、突然振り向いた舞子が、目を吊り上げて、両手を上げて襲いかかって来たんだ。ほんの一瞬だったけど、舞子を腕の中に抱きしめていた。

彼女は跳び退くように一歩離れると、腕を伸ばして私の胸をどんどんと拳で叩いた。とても静かな態度だったけれど、私を許しているようには感じられなかった。冷たい底光りのするような眼だった。

私は瞬時にたじたじとなって一歩後ろに足を引いてしまった。すると私を見上げた目から涙が流れ落ちた。そのとき舞子は静かに泣いていたんだ。

私にも何か彼女の悲しみが伝わってきて、目頭が熱くなってきて困った。

暫くそのままだったような、すぐだったような、時が止まった感じだったが、彼女が初めて口を開いた。

「わたくし、家に戻ります。お願いだからついてこないでください」

私は驚きと喜びとで興奮しながら言った。

「家、送る」

暫くじいっと考えているようだったが、くるりと背を向けてから小さい声で言った。

「わたくしから、もう少し離れて歩いてください」

私はもう有頂天になっていた。舞い上がっていたから暫く気がつかなかったが、ずいぶん離れて歩いていても、私の目は一瞬たりとも舞子から離れることはなかった。すれ違って行く人々が、不思議そうに私を見ているのを感じたけれど、構わず歩いた。とうとう紀尾井町の大和屋の大きな玄関が見える所まで来ていた。

「少し待っていてください」

私に近づいてきて言うと、玄関に入って行った。五分くらいして、舞子は戻ってきた。

「どうぞこちらへ」

そう案内してくれたが、玄関ではなく裏へ回ったのだよ。

舞子が住んでいる家は庭に囲まれていた。そこには別の玄関があって、両親がきちんと正座して迎えてくれた。私は感動して声が出なかった。日本人のように腰を折って深々と頭を下げることしかできなかった。

「両親が助けてもらったお礼を言いたいそうです。畳の部屋で申し訳ないのですが、どうぞ上がってください」

手を膝の上に揃えて挨拶した。改めて舞子を知的で美しい人だと思った。

休暇の日で私は普通の革靴を履いていたから、上手く靴を脱いで上がることができた。畳の部屋に入るとすぐに、お父さんから丁寧なお礼の挨拶をされた。

「今日まで、娘を助けてもらったお礼もできなかった。誠にお詫びのしようもない。謹んでお礼申し上げます」

しかしながら、続けてこうも言われた。

「今後、舞子には近づかないでくれ。この家の前をうろつくのも、やめてもらおう。況してこの家の敷居を跨ぐこと相ならん」

難しい言い回しが多かったが、お礼と、拒絶されたことは何となく解ったよ。この親にしてこの娘ありと思ったね。いやいや決して悪い意味じゃないんだよ、むしろ感動したね。お母さんも舞子も背筋を伸ばして座っていたが、お父さんの話が終わると二人の女性は、きちんと畳に手をついて深々と頭を下げた。美しい姿だった。今でもありありと思い浮かべることができるよ、イネ。

そんな訳で、私の期待とは大違いに見事に拒絶されたのだ。為す術が無かった。私が何回も大和屋の前を行き来したのを、舞子は知っていたようだ。舞子は私を覚えていないと思っていたが、彼女はしっかりと覚えていてくれたのだ。そのことだけは私を少し癒してくれたけれど。私には何故、舞子と両親がこれほどまでに私を拒否し、憎むのか、ただ敵国だというだけではないような気がしてきたのだ。何かあるのかもしれないと考え、「人殺し」と叫んで暴れ狂った舞子を思い出してみた。

どうしてもそのことが解らない限り、舞子に再び近づくことはできないだろう。私は必死だった。舞子の家族に知られないように調べることは難しいが、できなくはない。大和屋から探ってみようと、海軍の調査部の親しい友人に依頼した。

どう調べたかは明かさなかったが、舞子が離縁になって戻されたこと、昭和二十年三月十日、アメリカ軍のB二九からの焼夷弾爆撃で下町が焼け野原になったこと、その日婚家の家族とともに息子が死んだことなど、友人から聞くことができたのだよ。そんな理由なら私が近づける訳はないと思い、諦めるしかないだろうと決心した。

さすがに前向きな私も落ち込んだ。辛かった。いやそんな生易しいものではなかったなぁ。食べ物は喉を通らなくなり、日に日に驚くほどの勢いで痩せていった。

春の再会から、雨の季節になり、蒸し暑くなってくると、心の張りをなくした私は、何をする気も起こらなくなって病人のようになった。

夏の暑い時季が来れば、私の乗り組んでいた軍艦の若い将校の半数は、三ヶ月の休暇を許されて、帰国することが決まっていたんだ。私にもオーストラリアの両親の所への帰国申請の許可が下りていた。

帰国将校の出航が一週間後に迫った日の日暮れだった。宿舎の自分の部屋をきれいに片付けていた私を、調査部の友人が呼びに来たんだ。

ジープを運転してきたから、任務だと思って制服を着て一緒に出かけた。暑い日の夕方だったけれど、ジープで走ってると風が結構涼しくて気持ち良かった。

着いた所は帝国ホテルだった。将校たちのパーティーでもあるのかと思いながらロビーに入って行ったんだ。すると、待っていたのは舞子だった。

私は驚愕し、頭の中は混乱してしまって、逃げるようにしてロビーを抜けて外に出た。後ろから舞子が追いかけて来るのが判ったから、外灯の薄明かりの下で舞子を待った。待ってはいたが、舞子が来る方向を向くことはどうしてもできなかった。すぐそこまで来ている気配がすると、背後から舞子の声が聞こえた。

「ご病気だとお聞き致しました。それで、ご帰国されることも」

友人が、私が病気になって帰国してしまうからと言って、舞子をここまで呼び出したのだろう。すぐに察することができたが、言葉は出なかった。

「ロビーを入ってらした貴方を見ていました。別人のようにお痩せになって……」

「わたくしの所為なのでしょうか……」

「……」

「あの怪我をした日に、助けて頂いたことは感謝しております」

「……」

「わたくしのことをお調べになったようですね」

「……」

「貴方は連合軍の将校さんで、わたくしとは相容れない立場です。わたくしは貴方がた連合軍が憎い。B二九が憎い」

「…………」

「どうしても無理なんです。これ以上、貴方にお会いすることはできないのです。はっきり申しますが、迷惑なのです」

「…………」

「貴方がわたくしのこと、大切に思ってくださっていることは感じております」

「……でも、わたくしたちが許し合える日は参りません」

舞子がゆっくりと一言一言噛んで含めるように言う。私の背中に突き付けられた言葉は、どれも核心をついていて重みがあった。

私はゆっくりと身体を回して真っすぐに舞子と向きあった。

「舞子、戦争終わった」

「貴方がたにはね。まだ終わっていません、わたくしたち日本人には」

「舞子、逃げない。はじめて会った。あなた、私のヤマトナデシコ」

私の言葉を聞いた途端、舞子は弾けるように笑った。

「泣き叫び罵るわたくしが、大和撫子？」

でも賢い舞子は、私の言葉の意味を間違いなく理解していたね。

「ご両親の所にお帰りになって、少し冷静にお考えになれば宜しいでしょう」

「……うん……わかった」

「起こった事実を変えることも、過去に引き返すこともできないのですから、お互いにね。

この戦争はわたくしたちみんなを、小さな子供までみんな不幸にしてしまった。戦争がなくても、生きるのって悲しいのに」

そう口にした舞子の顔を私は忘れることができない。


イネ、私はね、その瞬間心が決まったんだ。私が生涯を共にする人は、この人の他には居ないとね。感激のあまり涙が止まらないんだ。解るかいイネ、その時のお父さんの喜びが。私が舞子を愛し、傍に居ることが許された時間は僅かに六年、最初に舞子と出会った瞬間から数えても八年だ。それからは今に至るまで、舞子の思い出だけが私を支えてくれた。


遠く離れてからも、舞子が日本で私の娘、イネと幸せに暮らしていることが、私の幸せであり希望でもあった。ところが、思いもよらない報せが届いたんだ。それは、イネもよく知っているだろう。ブラウンさんからだった。彼からの二度目の電話の時だったよ。舞子が二十年ほども前に亡くなっていることを知らされたのだ。信じられなかった。大きな衝撃だったよ。

そしてあの日、悲しみだけでなく、大きな喜びもあったんだよ。ブラウンさんが、イネと私を繋いでくれたんだ。国際電話で話した瞬間から、記憶の中だけでない、本物の、今のイネが、私の宝になった。すぐに迎えに行かなければと思ったよ。

結婚する時に、アンには日本に娘が居ることは話していたし、私の両親にも舞子のことは話していて、写真なども見せていた。みんな事情は知ってはいたが、もうどうにもならないことは、誰の目にも明らかだった。

アンは、エリザベスやヘレンが大学生になった頃から、日本に行ってイネに会えばどうかと何回も言ってくれたんだ。励ますようにしてね。「その代わり、必ず私の所へ帰ってくることを約束してね」と冗談みたいに笑いながら言ってた。

それでも会いに行こうとしない私に、可愛い自分の娘に会いに行くのに、どうしてそんなことで悩むかと、むしろ不思議そうだったよ。

オーストラリア大使館のブラウンさんから、最初に連絡をもらったあの当時、私はアンと二人、幸せに暮らしてた。

その前の年だったね。イネが来豪していたのは。私の両親の家だったアデレードの住所を捜し当てたと聞いたよ。そこに住んでいる若い夫婦が親切にしてくれて、近所にも訊いて回ってくれたことなどを、何回目かのブラウンさんからの電話で知ったんだよ。詳しくその時の模様を、イネがブラウンさんに話したんだろう。

あのアデレードの住所は、私が三ヶ月の休暇で帰っていた両親の家だった。そこから私は毎日のように、舞子にオーストラリアの絵葉書を出したんだよ。

舞子からは絵葉書も手紙もこなかったけれど、私はその絵葉書が唯一、舞子と私を繋いでくれる希望のように思っていた。

できるだけきれいな色で、オーストラリアらしい写真や絵を選んで買って、郵送する一枚一枚に祈りを込めて、ポストに入れていた。

あの頃のお父さんは不安でいっぱいだった。郵送する絵葉書が、まだ舞子と繋がっているという希望になって、お父さんを救ってくれていたんだ。今ならイネにも解るだろう。

日本式に言うなら、昭和二十一年の秋だよ。イネが生まれる四年も前の話だから、遠い昔のことだ。今はこうしてイネと二人で暮らしている。人生はほんとうに不思議なものだね。

イネがオーストラリア大使館に出した、私を捜している書類を見たブラウンさんが、私たち親子を繋いでくれた。

ブラウンさんから電話がある度に、私はもう居ても立ってもいられないほど、イネに会いたくて堪らなかった。

「お父さん、明後日には退院できるでしょう。この続きはお家に戻ってから聞かせてくださいませんか。病院のベッドではなくお家のラウンジで、お父さんとお母さんのお話をもっと聞かせてください。ここでは勿体ないわ」

五

引っ越しをする前、妹ヘレンの夫ボブが経営する建設会社のシドニー支社に勤めていたイネは、そのままキャンベラ支社への転勤となっていた。引き続き、シドニー湾岸に多くの顧客を持っていたから、週に一度はシドニー支社まで車を飛ばすという忙しさではあったが、誠に充実した日々だった。

月曜日の午後から車で四時間かけてシドニー支社へ出向き、夜はボブとヘレンの家で泊まり、火曜日の朝から会議に出て、その後の打ち合わせを済ませ、夜遅く帰ってくるという生活を続けていた。

しかし、ボブがシドニーとキャンベラの支社を手放す決定を下した。六十年前に自分の父親と祖父が事業を始めた、南オーストラリア州の州都アデレードの本社だけにして、家族とともに古巣のアデレードに戻ることにしたのだ。

支社の売却が決まった時、ボブとヘレンに相談して、イネもそのタイミングで退職を決めた。仕事には遣り甲斐を感じていたが、父の傍に居たい思いが強くなっていたため、ボブの決定は偶然にもイネの背中を押してくれたのだ。

契約がまとまった日に、イネもボブに辞表を提出し、十四年勤めた会社を辞めた。イネの退職を父も誠に良い決断だったと喜んでくれた。

それからクリスマスとイースターの連休には、必ずエリザベスとヘレンの家族が来てくれた。父が楽しみに待っている孫たちと過ごす、賑やかなクリスマスパーティー以外は、毎日静かな日々が続いたのだ。


その後も次から次に癌の摘出の手術をしなければならず、入退院を繰り返しながら、父の容態は、少しずつ坂を下るように悪くなっていった。闘病は、あの手術から6年にも及んだ。

そして、病院ではなく、自分の家で死にたいという希望が叶い、父親はイネと妹たち二人の手をしっかりと胸の中に抱き入れるようにして死んでいった。娘三人は抱き合って父親の冥福を祈った。その時に二人の妹がイネに示した信頼は、アンと父が築き上げてくれたものだと、イネには解っていた。


父の葬儀のあと、姉妹三人で話し合った。家を売却することが決まり、とりあえず広大な屋敷を持つ、アデレードのヘレンの家へ移ることになった。そしてヘレンから、新会社設立と共同経営の誘いを受けたのだ。ずっと以前からヘレンは、個人の顧客の設計をイネが受け持って、自分はインテリアを専門に受け持つ形で、二人で組もうと考えていたのかもしれない。

イネが、ひとまずはアパートを借りるか小さな家を買って一人で住むと言うのを、エリザベスも反対したが、猛烈に反対したのはヘレンだったから。

「イネを一人にして孤独な生活をさせたりしたら、お父さんがきっと天国で悲しむわ」などと言い出す始末で、とうとうイネも根負けしたのだった。

そうと決まれば、あとは早かった。エリザベスとヘレンで、家具や調度品、アンと父の遺品などを分けた。引っ越し屋が来て、シドニーのエリザベスの家と、アデレードのヘレンの家へ運び去ったあと、そこにはガランとした広い空間だけが残った。主人の居なくなった家は、イネに同情するように、また独りになったねと、これからの覚悟を確かめてくれているのか、慰めてくれているのか、壁やドアまでも何となく萎れて見える。

この家に引っ越してきたばかりの頃を思い出す。キャンベラでの生活は、父とイネと犬三匹でスタートした。老犬のヤマトと若いサクラとコジマが一緒だったのだ。ヤマトは、新しい環境に戸惑いながらも二年間生きて逝った。

コジマとサクラは六匹の子どもに恵まれた。五匹は、十週間後にはあっという間に新しい飼い主に引き取られて行ったが、一匹は貰い手がなかったのだ。

シープドッグのボーダーコリー犬で、なかなか可愛いのだが、片目が開かないからという理由で、誰も相手にしてくれなかったのである。何時もウィンクをしているようだと言って、父もイネも可愛がって育てた。父はこの犬に、マイと名づけて特別愛情をかけていた。

驚くほど賢い犬に育った片目のマイに、風来坊の雑種の恋人ができて、子が生まれた。マイの母親ぶりは大したものだったが、三匹生まれた中で一匹は育たなかった。この二匹の雌犬に、父がトラとクマと名づけた。

マイの子犬たちの誕生に関わったイネは、辛くてその後すぐに避妊手術をした。ごめんねマイ、ごめんねマイと謝りながら。

風来坊君も暫くは、とうとう家出したかなと思うと、思い出したようにひょっこりと帰ってきたりしたが、そのうちぱったりと見なくなってしまった。

ヤマトに続いてコジマとサクラの命が尽き、マイももう亡くなって居ないが、トラとクマが居る。トラとクマは、父親の風来坊君に似て逞しい犬に成長した。身体もマイよりもかなり大きくて、これはたいへんと十週間の訓練クラスに通って、凶暴になることは避けられたが、元気な犬たちである。

二匹とも賢く、何でも理解する。特にイネが「ジェントル」と言うと、動作まで優しくなるから、それだけで充分とも思っている。

家の細々としたあと片付けを済ませたイネは、父と十六年間過ごしたキャンベラの思い出深い家を出て、アデレードのヘレンの家に向かった。この二匹とともに。

大きな荷物は業者が運んでくれたので、イネはワゴン車でトラとクマと一緒にのんびりと引っ越すことにした。

「今何処に居るの?」

夜になると必ずヘレンが携帯電話にかけてくる。心配しているのだと思う。イネが、絶対に知らない道を夜走らないのを知っているからだった。

陽が暮れる前に、犬も泊まれるモーターインを見つけて泊まった。二日目の夜は、モーターインで「犬は絶対ダメ」と断られ、途方にくれた。仕方なく大きなワゴン車の後ろに載せた荷物を部屋に運び入れ、二匹のためにワゴンの中を更に広くして、毛布を敷いた。

「トラ、クマ、缶の肉でごめんね」

食事を済ませると、寝る前の散歩に出た。全く知らない所での散歩は、トラとクマをすっかり緊張させてしまったらしい。引き綱を通して手に伝わってくる。すぐに散歩を切り上げてワゴン車の中の二匹に「おやすみ」と声をかけて車のドアを閉めた。

部屋に戻ったものの、どうにも落ち着かない。気になって夜中にもう一度、部屋のドアをそうっと開けてみると、何と四つの目が、車の窓越しにドアを凝視していたのだ。

大型犬のトラとクマは長旅で疲れて、白川夜船で眠り込んでいるだろうと思っていたのだが、きちんと座って部屋のドアが開くのを待っていたようだ。これにはイネの方が参ってしまった。

イネはシーッと口に指を当てながら、車のドアを開け、部屋の中へ招き入れた。ダブルベッドを三人？で共有したことは言うまでもない。イネはチェックアウトの時に、テレビの横に五〇ドルを入れた封筒を置き、【サンキュウ】と書き置きして出た。


ゆっくり車を走らせて、三日かけてアデレードに着いた。ヘレンの家に到着し、ホッと安心した日の夕食時、イネはヘレンに相談を持ちかけた。

「この本ねぇ、私が初めてお父さんと国際電話で話した日に、大使館のブラウンさんが、くださった本なの。このエアーズロックに行ってみたいけれど、どう思う」

「行きなさい。明日の朝予約すれば午後出発する列車ザ・ガンに乗れると思うわ。四、五日ゆっくりしていらっしゃいね」

ヘレンが即座に薦めてくれたこともあって、翌日にはザ・ガンに乗っていた。そして五日間のエアーズロックへの旅は、イネに新しい生き方を示してくれたのだ。

ヘレンとともに仕事をしてみよう。彼女となら絶対上手くゆくだろう。共同経営者だなんて柄でもないと思ってきたが、新しい生き方として挑戦してみる価値はあるだろうと、今は自信を持ち始めている。

だが、心残りはまだ日本にあるのだから、父が言ったように会ってこなければならない。

引っ越し直後に旅行に出ると言った私を応援してくれたヘレン。今、こうしてアデレード中央駅で迎えてもらって、漸く自分のこれから先の人生を過ごすヘレンの家に戻った。その途端、またしても今度は、日本に行きたいと頼むのは、我が儘だろうか。

ヘレンには、日本行きの相談の前に返事をしておこうと決め、これから一緒に仕事をしたいと話をした。

迎えに来てからイネから話をするまで返事を急かさなかったので、我が妹ながら余裕があるものだと思っていたが、話をした途端、今まで見たこともないような満面の笑みで、「ブラボー・マイ・シスター！」と叫ぶように言って抱きついてきた。

そのあとは、ヘレンが猛スピードで進めていった。いや、何が何でもイエスと言わせるつもりで下準備を整えていたのかもしれない。アデレードへの引っ越しといい、会社設立といい、彼女のパワーには押されっ放しだ。

ヘレンと一緒に設立した会社は、ヘレンの夫ボブが経営する建設会社と契約を交わした。ボブの会社は規模を縮小したとはいえ、それでもまだ社員二百人が在籍する、アデレードでは大会社だ。そこから設計とインテリアを請け負う。

アデレードでのボブは、自社の開発とは別に、都市開発を手がける会社とも組んで仕事をしている。しかし、地道な開発だけをする会社であると見極めが付かない限り、契約をしない。会社だから利潤を追求することは当たり前だが、彼は決して儲け主義的な開発を許さなかった。

都市が発展するためには開発は必要であるが、自然環境との調和を重視して、尚且つ都市としての機能も充分に考慮した。それだから、この小さな州都アデレードで、長年業績を上げてこれたとも言えるだろう。

「契約会社としてきちんと仕事をしてもらうよ。でも、余裕ができてきた時には、他の建設会社からの仕事も請けたらどうかな。ぜひ、頑張ってほしい」

ボブは励ましとともに、その条項も明記してくれたのである。

ヘレンと二人で政府へ申請をした。許可が下りて弁護士とともに登記を済ませ、新設備を入れてスタートを切った。

ボブの会社の倉庫になっていた古い建物を買い取り、近代的に改築をしてオフィスにした。その名も「H&Iアーキテクト株式会社」。もちろんH&Iは、ヘレンとイネのイニシャルだ。看板は、美しい色合いの混ざった砂岩に、ボブの友人の彫刻家が素晴らしいデザインで彫り込んで寄贈してくれて、オフィスの前に堂々と立っている。

二人で門出を祝ったあと、早速社員三名を雇った。総勢五名の新会社にイネは大満足している。

新しい土地で、新しい仕事が始まるという実感と興奮が少しずつイネの中で生まれていた。

六

父親の死から三ヶ月後、そしてエアーズロックへの旅の二ヶ月後、アデレードから国内線でシドニー空港に着き、国際線に乗り換えて、漸くイネは念願の日本行きのカンタス航空二十一便に乗っていた。二十二年ぶりの日本への帰国、いや日本訪問というべきだろうか。

ゆったりとビジネスクラスの席にかけて寛いでいるけれど、胸の中は不安でいっぱいだった。叔父もう長くはないと、叔母が電話口で泣いていたし、叔母だって年齢を考慮すれば、今回会うのが最後になるかもしれないのだ。

皆、歳を重ねてきている。真一郎にも政子にも幼稚園に通う孫が居るのだから。

イネは一人、寝静まっている他の客席を眺めながら、ふふふと笑った。自分だって政子と同い年で五十七歳、充分にいい歳になっている。

本田は、今のイネをどんなふうに見るのだろうか。二十二年余りも経ってしまった今、こちらが勝手に想っていただけのことなのかもしれないとさえ思える。それでも、本田のことを考えているうちに、もしかしたら本田も自分を愛してくれているかもしれないと期待が膨らんでしまっているのだ。

彼には守らなければならない家庭があるのだし、私にも妹ヘレンとの共同経営の設立したばかりの会社がある。

二人のことをどうにかしたいなどと願っているのではない。ただ、言わなくてはならないと決心しているが、その勇気が出るだろうか。「本田さん、貴方に会いたくて来たのです」と。


到着の朝、成田空港から外を眺めると、日本では秋が終わり、冬を迎えていた。木々の枝の先には既に葉はない。枝の根元の辺りにほんの少し、紅い葉と枯れたような土色の葉を残すだけである。樹木の装いは寂しげだが、空は高く、気持ちよく晴れた朝であった。

早朝の到着便が多いためか賑やかな到着ロビーで、オーバーに手を振って迎えてくれたのは政子である。

イネを乗せたあと、政子の運転する車は、空港を出た所のホテルの玄関に止まった。

「朝早くて朝食をとる暇がなかったのよ」

ホテルのドアマンにキーを渡しながら話す政子は、自然でカッコ良く嫌味がない。それどころか、何時でもイネを気持ちよくリラックスさせてくれる。二十年以上経つというのに、以前と少しも変わらない政子が嬉しかった。

ホテルの朝食用ダイニングルームは、早朝なのに結構な人で混んでいた。政子はすいすいと慣れた手つきで、バイキングスタイルの朝食を二人分テーブルに運んでニコッと笑った。

「お腹空いたわねぇ。さあ食べましょう」

イネは熱いコーヒーを飲みながら、政子の明るい笑顔が懐かしく嬉しいのに、何故か胸がきゅんとなる自分を持て余している。かつて、何度この政子の明るさに助けられたことだろう。

そしてバイキングの朝食で満足顔の政子と、彼女の新しい愛車は今、東京へと高速道路を走っている。濃いめのシルバーメタリックの車体が重厚な光を放つ、最新型の大きなベンツである。政子らしく颯爽としている。

イネは建築屋である自分の、ただ丈夫なだけのごついワゴン車を思い出して、比べるとは無しに、人にはそれぞれに似合ったものがあるものだと笑ってしまった。

政子が怪訝な顔で言う。

「嫌な人ねぇ、何笑ってるの」

「何でもないわ。ただ嬉しいだけなの」

お茶の水橋の手前にある病院に入院している叔父を見舞うと、思ったより元気だった。

「イネちゃんが帰ってくると聞いてから、叔父さん喜んじゃってねぇ。退院するなどと騒いだりして、毎日たいへんだったんだから」

そう言いながら叔母も、子供のように無邪気に喜んでいて嬉しかった。

その夜、大和屋の大広間に集まった人数に、イネは仰天してしまった。真一郎の家族は長男が居なくて六人。政子のところは「主人が会議で来られず、娘婿も来なかったから、二人欠席」と残念そうだが、七人である。

奈美子の家族は一番少なく、夫婦と娘二人の四人だ。二人の娘は結婚しないでキャリアを選んだのだという。何と祥子の家族は、娘婿の両親まで一緒に来て、十三人となった。

この大げさなほどの歓迎ぶりは、政子が企画したに違いない。歓迎の宴と称して真一郎が挨拶を始めたところへ、何と真一郎の長男、誠一が車椅子を押して入ってきた。車椅子の叔父が叔母に付き添われて、嬉しそうに右手を上げた。

パーティーが今にも始まろうというとき、イネは――あれ叔母さんが居ない。何処へ行ったのだろう。仏間で母にでも話しかけているのだろうか――と思い、挨拶が終わったら捜しに行こうと考えていたのだった。

楽しい楽しい宴は夜中まで続いた。すぐ近くに住む祥子の家族は、全員で歩いて帰った。奈美子の家族は、お酒を飲まない下の娘が運転して帰って行った。

政子の家族は、長男家族は帰ったが、娘と孫二人は泊まるのを楽しみに出かけてきたらしく、久しぶりの集まりに大喜びしていた。

帰る者、泊まる者が大広間から順に席を立つ中、イネはそれぞれを見送っていた。体調が心配だった叔父は、途中から横になってうつらうつらとしていたが、最後まで大広間に残っていた。

「今夜は、お舅さんも外泊のお許しが出ているので」

嫁の洋子はにっこりと笑って、叔父を助けて寝室の方へ車椅子を押して、叔母とともに廊下を曲がって行った。ずいぶん昔に叔父が、良いお嫁さんだと褒めていたのを思い出した。

「あの人が居なかったら、この家とっくの昔に崩壊してたかもよ。お兄ちゃん、ああ見えて結構我の強い人だから。それに、優しいけれど弱いところもあるのよ。まあ、みんな同じかもしれないけど」

何時の間にかイネの傍に来ていた政子が囁いた。イネは政子の囁きと内容にギョッとなる。

「あの人って、洋子さんのこと?」

「そうよ。お兄ちゃんは凄く良いお嫁さんをもらったと思う」

何時もの飄々とした政子らしくない話し方だった。

「百合の旦那さんが今日来なかったでしょ」

今日泊まる部屋へと二人で廊下を進みながら、政子が小さな声で話し続ける。

先ほど、従兄妹たちからそれぞれの家族を紹介された。こんなに一度に顔と名前が一致するだろうかと戸惑ったが、楽しく過ごすうちに、すんなりと覚えていった。百合は、政子の娘だ。子供たちとニコニコ笑っていた顔を思い出す。

「あの二人はもう別れて暮らしているのよ。百合も我が儘なところがあるけど、でもねぇ、彼が出て行ってから一年以上にもなるのよ。

年上の子持ちの女性と一緒に住んでいるらしいけれど。自分の子供が二人も居るのに、自分の子供を捨てて、他人の子の面倒を見ながら一緒に住んでいるというのよ。どういうことなのかしらねぇ。

私は、もう彼の気持ちが離れてしまっているから、駄目だと思っているの。主人はえらく怒ってるけれど、怒って解決するものでもないでしょ。

私も今夜はここに泊めてもらって、明日、百合たちを送って行くわ。そのまま彼を訪ねて話をつけてこようと思ってるの。百合は私には話さなかったけれど、祥子に、まだ彼が好きみたいなことを話したらしいのよ。それが不憫で……辛いのよねぇ」

政子の泊まる部屋の前についた。政子がそうっと襖を開けると、奥で百合が子供たちを寝かせようとしているのが見えた。邪魔しないよう襖にかけていた手を途中で止める。娘たちを眺めながら政子の目に涙がにじんでいる。

「貴女はいいわね、気楽で。何の心配もない暮らしで羨ましいわ」

イネをじいっと見つめたあと、大きく肩から溜息をついた顔は、深い悲しみで暗く沈んでいる。今朝、イネを乗せた車を颯爽と走らせていた政子とは、別人かと思うほど違って、かける言葉もなく呆然となった。

何時でも明るくて、颯爽とした政子しか知らないイネには、衝撃だったのだ。身近な人に突然酷く裏切られたような、いきなり頬を平手で殴られたような、納得のゆかない憤りとともに、政子への哀憐の気持ちが込み上げてきて、黙って政子を抱きしめた。

思ったより痩せた小さな身体だった。


翌日、朝から大忙しである。

「イネさんは休んでいてください」

「いいの、いいの。久しぶりにこの家の台所に立つのも、何だか嬉しいの」

恐縮する真一郎の嫁、洋子を手伝って、大パーティーのあとの片付けをする。膨大な数の食器と膳などがあるから、洗って乾燥させるだけで大仕事だ。やっと裏の蔵へお膳などすべてを運び入れた。

午後からは、朝のうちに誠一に連れられて病院に戻った叔父の見舞いに、洋子と一緒に出かけた。昨日から時間をともに過ごしたが、ほんとうに政子が言ったとおり、素晴らしい人だと改めて思った。

見舞いから戻ると、宴の余韻はすっかり消えていた。イネが叔母の居間にお茶を入れて持って行くと、叔母が昨夜のことを内緒話のように話してくれた。

イネの歓迎パーティーを企画したのは、やはり政子であった。真一郎が助けて実現したという。入院している叔父は病気が重いこともあり、宴の参加者から外されていたそうだ。

昨日、三時頃に会社から戻ってきた誠一は、忙しく立ち働いていた洋子に声をかけた。

「お母さん、おばあちゃんと出かけてくるよ」

そしてパーティーの始まったところへ、叔父を車椅子に乗せて帰ってきたのである。

真一郎も政子も内心ギョッとなった。丁度、挨拶をしていた真一郎は、自分の手落ちを息子が上手くカバーしたことに驚愕したのだろう。恥ずかしさもあって少し言葉が上ずっていたのだという。

イネはそんなこととは知らずに、丁度挨拶のところで、叔父が現れるようになっていたのだと思っていた。そのあと、大広間には叔父が横になれる場所があっという間に調えられた。だから余計に、予定されていたことだと感じたのだ。政子が言ったとおり、この今泉の嫁は、普通の出来ではなさそうだ。

叔母の話では、孫が自分を乗せて病院へ行き、外泊許可を申請し、医者と長い間話し合ったという。

「さあ、これからイネおばちゃんの歓迎パーティーに行こう」

それからすぐ病院を出発して、丁度パーティーが始まったところへ現れたのだという。

「そんな裏事情があったのね」

暫く笑い合ったあと、イネが切り出した。

「叔母さん、小町ちゃんのこと覚えてる？　ほら、私が生まれた町のお産婆さんの子供よ。私が生まれた十日ほどあとに生まれた赤ちゃんがいたでしょ。写真がいっぱいあったじゃない。お母さんとよく行ってた町の……」

「ええ、よく覚えてるわ。舞子お姉さんが生まれた年まで奉公に来ていた人の娘さんがお産婆さんになって、貴女が生まれた時にお世話になったのよ」

「そうだったの。私ね、その小町ちゃんに会いに行こうかと思ってるの。叔父さんが思ったよりお元気なので安心したから……」

「そういえば、小さい頃、お姉さんとよく行ってたねぇ」

「ええ、行ってみたいの……いいかしら？」

叔母の記憶では、イネの誕生の時、助産婦はイネの母の舞子よりも大きなお腹をしていたという。その十日後に、イネの倍はありそうな、丸々太った女の子が生まれたのだ。その子が中野小町だ。

母に連れられて長い時間汽車に乗って行ったあの田舎町のことはよく覚えている。イネが小学生の頃まで、小町と、夏は川で泳いだり、トンボを追っかけたり、冬は雪の上をソリに乗って遊んだりした。大きな囲炉裏のある部屋で、子供たちがみんな寄って歌留多とりをした時も、何時も一緒にいた。楽しい思い出ばかりが浮かんでくる。

小町は紅いほっぺをして、丸々とした体つきだったが、きびきびと気持ちよく動き、賢い子供だった。最後に遊んだのは、小学校四年生の夏休みだった。

それからも文通をしていたが、小町からの最後の手紙は、二十歳の頃だっただろうか。短大を出て就職したと、文面から躍るように喜びが伝わってきた連絡だった。就職先は町役場で歩いても行けるほど近くで、親戚の人も役場で働いているので心配がない、と嬉しい文面で結んであった。

その後はお互い忙しいこともあり、年賀状だけになってしまった。オーストラリアに移住してからも、時々思い出したように年賀状が届いていた。その時はイネも嬉しくて、絵葉書で返事を出していた。やっぱり会いたいと思う懐かしい友人だ。

真一郎の秘書が全部手配してくれ、丁度夕方に着く新幹線に乗った。イネは日本の新幹線が大好きだ。快適できれいで、おまけに時間ぴったりにホームに入ってくる。出発時間にも狂いがない。日本らしくて好きなのだ。

ホームに降り立つと、懐かしの友は手を振りながら迎えてくれた。

——あれ、こんなに小さな人だったかしら——と思ったが、彼女は反対に「あれこんなに背が高かったかしら」という顔で、足元から段々に顔を上げてイネを見た。二人は目を合わせた途端、人目も憚らず大口を開いて笑った。そして、しっかりと抱き合った。

「五十年にもなるわねぇ」

「いいえ、まだ四十六年よ」

また大笑いする。お互い頭を下げ下げ長い長い久闊を詫びて、二人の顔は笑いながら泣いていた。

小町が嫁入った先は、大きくて古い家だった。

「主人は専業農家で、私は今でも役場で働いているの。とても偉いのよ。課長さんだもの」

小町はエヘンと威張った。

「今ではもう、幼稚園の孫が二人居るのよ。子供ができても役場を辞めずに、お姑さんに任せて頑張ったから出世できたけど、お陰でお姑さんにアッタマ上がらなくてねぇ」

腰が曲がってしまった姑に聞こえるように言ってから、彼女は首を竦め、竦めた首を今度はいっぱいに伸ばして大笑いする。

ああ来て良かったと、彼女の幸せそうな顔を見ながら、イネの心は自然に和んでゆく。

夕食は、小町たち家族八人に、小町の夫の姉家族も加わった。義姉は花と林檎の専業農家へ嫁入ったが、その家が隣だという。この家から花嫁衣裳の文金高島田で、畦道を歩いて嫁いだそうだ。その姉の家族も手伝いに来て、イネを合わせて十五人となり、楽しい昔話に花が咲いた。

小町の義姉はイネたちより年が上で離れているので、子供の頃よく一緒に遊んだ仲間ではなかったが、イネのことはよく覚えていたらしい。懐かしいアルバムを出してきて、写真を見ながら一頻り笑いあった。

小町の二人の孫もとても可愛らしい。イネの横にちょこんと座っていろいろ質問する。良い子たちだと思った。義姉の高校生と中学生の孫二人も、挨拶に来てイネの前に行儀よく座って聞いている。小町の上の孫娘が、イネの顔をじいっと横から覗き込むように見て言った。

「イネおばちゃんの目って青いねぇ。カッコ良い」

イネは大笑いしたが、その瞬間、小町は笑っていなかった。

「そうねぇ。この目の色でね、おばちゃん小さい頃からみんなに苛められてね。小町ちゃんが何時でも苛めっ子を追っ払ってくれたのよ。小町ちゃんは王子様みたいに強かったんだから」

「へぇぇ、おばあちゃん、小町ちゃんて呼ばれてたの。カッワイイ」

キャーキャーと子供らしい声をあげてまたしても喜ぶ。


イネは子供たちの顔を順番に見ながら話し出した。

「昔はね、二世の混血児のことを、あいの子と呼んで苛めの材料にしたの。今はもうそんな言い方や呼び方は差別でダメだけれどね」

「混血児？」

「ハーフって言ったら解るかしら」

子供たちが頷いている。

「特におばちゃんは目が青っぽくて色が真っ白でしょ。だから余計に目立って苛められたの。白人とアジア人のハーフだと、目の色はブラウンが普通なんだけれどね。おばちゃんは何故か青いので、よけいに目立って苛められた訳なの。

でもね、苛められた思い出ばかりじゃないのよ。私は小町ちゃんとばかり遊んだけれど、楽しかった思い出ばかりよ」

自分の祖母が話に出てくると、子供たちは嬉しそうな顔になる。

「今では日本でも、二世の人、ハーフの人たちは珍しい感じではなくなったのでしょ。寧ろ歓迎されているのではないかしら？　あらゆる方面で活躍している訳だから、国際的になってきたのでしょうね」

「テレビにも出てるよー。きれいな人が」

「そうなのね。でもおばちゃんが若い時の日本では違ったのよ。

ところがね、オーストラリアに行ってみてびっくりしたのは、場所によっては、ほとんどが混血なの。昔は白豪主義といって白人だけの社会がいいという人たちが多く居たようだけれど、今では多人種国家という言い方をして、要するに世界中から、移住した人たちの集合国家なのね。

オーストラリアの先住民のアボリジニの他は、みんな他所の国から来た移住者か、移住者の子孫なのよ」

小さい子供たちは話がどんどん解らなくなったようで、ポカンと口を開けて、イネの顔を見ているだけだった。中学生と高校生は、真剣に聞き入っている。その姿は、興味を持っていると伝えてきていた。


イネは、中学生と高校生に向かって話を続けた。

「歴史的には、最初はイギリスが囚人を送り込んで、厳しい労働をさせたのよ。十八世紀の近代国家建設ね。その次の大きな移住は、ゴールドラッシュの頃よ。中国人が炭鉱労働者として大勢入植したわ。第二次世界大戦後には、イタリア人やスペイン人、ギリシャ人など、地中海地方の人々が肉体労働者としてたくさん移住したのよ。

ベトナム戦争後は、国家がベトナム難民をたくさん受け入れたし、オーストラリアは引き続き今でも、多くの移住者を歓迎しているのよ。

日本人の移住はとても少ないけれど、若い人たちを中心に、移住したいと思って一生懸命勉強して、資格をとろうとしている人たちも居るのよ。

最近は中国はもちろんのこと、中近東や東南アジアの人々を中心に、世界各国から移住者が増えて、この前の国勢調査で漸く二千万人になったの。

国勢調査は、国の人口を調べるのが目的の調査で、オーストラリアは五年毎に行われているけれど、国が広い割に人口は少ないでしょ」

ふとイネは、話が難しくなり過ぎたのではと反省した。身近な内容がいいかと、話の方向修正をする。

「日本の中学校や高校では、オーストラリアのことなどあまり勉強しないでしょ。だからおばちゃんがもう少し話してあげるね。

日本では習ってる英語はアメリカ英語なのよ。スペルだってアメリカ英語だから、オーストラリアからアシスタント・ティーチャーで日本に来ていた知人の娘さんが、最初は困ったって言ってたもの」

「あれ、イネおばちゃん、英語とアメリカ英語と違うの？」

「そうねぇ、元々は英国の言葉だから同じ英語なんだけれど、スペルや使い方は少し違うものもあるわ。

例えば、オーストラリアではケチャップやガソリン、エレベーターなどは使わないわねぇ」

「へぇえ、じゃ何て言うの？」

「ケチャップはトマトソース、ガソリンはペトロール、エレベーターはリフトよ」

この話題は正解だったようだ。高校生と中学生の二人は、イネに並々ならぬ興味を持ったようだった。

「ねぇ、イネおばちゃん何時まで居るの？　もっといろいろなこと教えて」

イネは嬉しくなって返事をしようと思ったが、その前に小町が口を挟んだ。

「ダメダメ！　イネちゃんは、私に会いに来てくれたんだから、ダメーッ」

興味津々の子供たちはがっかりした顔をした。

楽しい時間はあっという間に過ぎてしまう。片づけを終えて、隣の家族も楽しかったとお礼を言って、帰り支度をした。広い田圃を挟んでの隣同士だから、畦道から何時までも手を振りながら帰って行った。

皆が居なくなってしまったあと、小町が真剣に謝ってくれた。

「ごめんねイネちゃん。大勢になってしまって。それに子供たちまで、傍を離れないんだから」

「ううん、とんでもない。私も楽しかったわ。オーストラリアのこと、若い人たちにも、少しでも多く知ってもらいたいから」

明くる日も素晴らしい天気で始まった。小町が生まれ育った懐かしい実家は、そのまま同じ所に同じ姿で建っていた。イネが産まれたという部屋も、母と一緒に泊まった奥の畳の部屋も、そのままだった。

母と過ごした頃のことが、この部屋の匂いとともに思い出されて、懐かしさが込み上げてきた。何故、母は私を連れてこんな遠くの町まで来ていたのであろうか。ふと何かが思い浮かぶようでもある。もしかして、父との思い出がこの町にあったのかもしれないと思った。

この家は小町の弟が跡を継いで、助産婦だった母親と、今でも誰にも負けない魚釣り名人の父親と一緒に、大家族で住んでいる。

御両親は、母よりは七つ、八つほどは若いだろう。町の人たちとのグループで、元気にあちこち温泉旅行をしている。有り難いことだと言って、それでもイネの母の話になると、目を潤ませて話が前に進まない。

イネが持ってきた、ひらひらの水着の写真を見せて一頻り笑ったが、寂寥の思いがみんなの胸を締め付けた。

この写真からは、懐かしく温かい時間がゆっくりと、イネや小町を包んで昔へ連れ戻してくれるが、輝く太陽の光の中で、弾けるように笑っている少女たちの今を想像することはできない。

小町は役場の課長になって、家では夫を助けて農業も頑張っている。彼女の努力は並大抵のものではなかっただろう。持ち前の明るさと辛抱強さでみんなを引っ張ってきたのかもしれない。

イネは、途方もなく広がる赤い大地のオーストラリアで、建築設計会社の共同経営者になって、丁度二ヶ月が経過している。

新幹線のホームまでみんなが見送りに来てくれた。そしてイネは新たな思い出を胸に、東京行きの新幹線に乗り込んだのだった。

父の助言 ―愛するということ―

新幹線の車窓から流れる景色に視線を向けながら、頭の中では考えを巡らせる。明日、新宿まで行ってみようか。いや、その前に電話をして確かめた方がよいのかもしれない。まだあの大建築会社に居るだろう。きっと今は重役になってとっても偉い人になっているのだろう。あれこれ考えてみても結論など出てくる訳もないのだが。

ふと、窓に映る自分の顔が目に留まった。父が迎えにきた時、一緒に乗った新幹線で眺めた父の横顔は、わくわくする少年のようだった。そして、過去を思い出したのか、表情を消した。それから父は、親の顔、一人の男の顔、軍人として生きた厳しい顔、さまざまな顔を見せてくれた。なかでも病床での父の姿は、イネの中で、強く、大きく残っている。

結局、あの六年前の入院は二日延びて、合計五日も病院に居た。大腿部の皮膚を取って移植したその痕の内側に、幾つか小さい瘤が見つかって摘出したからだ。それでも父は比較的元気に退院してイネを喜ばせた。

退院した明くる日から、表のバルコニーまでフレーム式の補助歩行器を使って歩くこともできた。速いテンポで回復してゆき更に皆を喜ばせた。

さすがに長い間、海軍で鍛えた強い精神と肉体だ。歳をとって衰えてきてはいるものの、やはり強靭さでは群を抜いているようだと思った。

脚を引きずり、白い特殊なソックスで保護し、手袋をし、深い帽子をかぶりという具合であったが、イネたちは朝の散歩を楽しんだ。庭に花を植え、二人で料理まで一緒にしながら、さまざまなことを話し合った。

父は、イネが日本料理を作るのを嬉々として手伝った。たぶん母、舞子と一緒に居るような錯覚があったのではなかろうかと、イネはその時も、亡くなった今もそう思っている。

そして父は、五十も過ぎた女が、これからどのようにして生きるかを決められないはずはなかろうと言うこともあったが、いよいよ寝込むようになってからは、繰り返し「あの人に会いに行きなさい」と言い続けたのだった。

そんなある日の午後だった。

「イネが生まれることになるまでの、舞子と私の愛情物語を聞かせてあげようかねぇ。ここへお出で」

父は少し照れたように言って前のソファーへかけるよう示して、もう一度照れたように笑った。

父親の話を一言も聞き漏らすまいと、自然にイネの肩にも力が入ってしまった。

私が、三ヶ月の休暇を終えて日本に戻った時には、十一月も終わりに近く、東京は寒々とした季節になっていた。

暑い夏に帝国ホテルの玄関で舞子と別れて、アデレードの両親の家に戻っている間、ほとんど毎日のように、一枚ずつ絵葉書を舞子宛てに郵送したよ。カードは花だったり鳥だったり景色だったりといろいろだった。

「そのカードは、今はイネが持っているだろう」

確認するようにイネを見る目が如何にも優しく温かい。

時には自分の気持ちを正直に綴った手紙も書いた。難しい語彙を使わないよう心がけて、ひらがなで意味を書き込んだりもした。できるだけ自分の想いが舞子に伝わるようにと、祈りながら書いて送ったんだ。

舞子からは一枚の葉書もこなかったが、私はそれでよいと思っていた。それでもアデレードから最後に送ったカードには、東京に戻る日を記しておいたんだ。辛抱強く待っていれば、必ず何時の日か連絡をくれるだろうと、祈るような気持ちで、私はひたすら待ち続けた。

日本に戻ってから、クリスマスパーティーが開催されても、お正月がきても、二月になっても何の連絡も無かった。

そして三月も終わりの頃になって、待ちに待った舞子からの電話がかかってきたんだ。

「時間がある時で結構ですから、いらしてください」という伝言だった。私はその場でジープに跳び乗っていた。不安はあるものの、胸の高鳴りを抑えることができなかったよ。

大和屋の正面玄関から離れの玄関に続く塀沿いに、ジープを停めた。どこかで見ていたのだろう。舞子がすぐに出てきたんだ。

「どうぞ、こちらへ」

案内されたのは前と同じ畳の部屋だったよ。舞子はすぐに自分でお茶を入れて出してくれた。その間、一言も口をきかなかったのが不気味だった。漸く舞子が口を開いた。

「たくさんのカードをありがとうございました。オーストラリアの花や鳥の色の美しさに驚きました。景色も日本とはずいぶん違いますね」

そして、ちらっと私の足元に目を落として気遣ってくれた。

「どうか脚を崩して楽にしてください」

私が脚を崩すのを待つように一呼吸おいて、舞子は思わぬことを言ったんだ。

「戦争が終わって一年半余りになります。息子、博之の三回忌の法要も終わったので、気分が少し落ちついてきたのだと思います。自分なりに限をつけることができ、両親を説得して、貴方に会うことを許してもらいました。

結婚して子供も居たけれど、嫁として望まれたことはあっても、個人の舞子という人間を、これほどまでに慈しんでくれた人は居ません。そのことがよく解ったのです。だから、貴方に来て頂きました。

これからはここが自分の家だと思って、時間の許す限り、自由にいらしてください」

真っすぐに私の目を見つめて、畳にきちんと両手をついて、例の如く日本的で美しい挨拶をしたのだ。「不束者ですが、何卒宜しくお願い申し上げます」と。

但し、大和屋の玄関ではなく、何時もこちらに訪ねるようにとの条件がついていたのだが。

その日、私は任務に戻らなかった。舞子を抱きしめていたら朝になっていた。私の人生で一番幸せな夜だった。

「大声で叫びたいほどの幸せ、イネにも解るだろう。お父さんの悦びが」

思い出を話す父の目には光るものがあった。

父の話から、その部屋が母とイネが暮らした大和屋の離れであることが判った。中学校二年生で母が亡くなったあと、またイネの住む家になったのであるが、イネはその離れが〝父と母の家〟だったことを漸く知ったのである。

「何故叔父さんは、お母さんと結婚してオーストラリアに連れて帰るために、お父さんが毎日訪ねて来たと言ったのでしょう」

「その時は私はもう追い出されていたのさ。出入りを止められていた」

父はハッハッハッと笑って、悪戯坊主のように首を竦めた。

それまでは、私が舞子と結婚すると決めていることを、イネの叔父さん、真と路子の夫婦も知っていたんだよ。だから、大和屋を訪ねて行っても邪険にはしなかったし、みんな親切にしてくれた。

ところが、イネが生まれる年の春になって問題が起きたんだ。乗り組んでいた軍艦が、香港へ行かなければならなくなったんだ。朝鮮戦争の勃発に備えるためだったらしいが、大慌てで、舞子をオーストラリアに連れて帰れるように手続きを始めたよ。

八月には生まれる子供のことを考えて、戦後の混沌とした東京よりは、静かなオーストラリアの方が良いと判断してのことだったが、すぐに朝鮮戦争が始まってしまったのだ。私の乗る軍艦は香港から引き返し、すぐに朝鮮半島の戦場に向かわなければならなかった。

舞子の両親にも猛烈に反対された。数年前まで敵国だった人との国際結婚など上手くいくはずがないと言われ、途方にくれたよ。

舞子の身重な身体では無理だというのが大きな理由であったけれど、そればかりではなかったとも言った。

舞子はもうすぐ生まれる子のことだけではなく、もうその頃には私を信頼し、頼りにしてくれていた。離れることはできなくなっていたんだ。

知り合いに頼んで横浜から船に乗せ、香港まで密航させようとしたが失敗してしまった。それからは舞子の両親の監視が厳しくなり、どうにもならなくなった。私は任務を放棄することができない。心を残したまま、身体は戦場に向かうしかなかったんだ。

そして、とうとう舞子が決断を下した。私たちは結局、一緒にはなれない運命だったのだと、悲しい結論を出したんだよ。

その舞子の決断を聞いた時、私は不覚にも号泣してしまったんだ。

何十年も経った今になっても、その言葉を聞いた直後のように、父の目には涙が光っていた。

朝鮮戦争がはじまって、二ヶ月後にイネが生まれた。広島に入港する度に、長い電話をかけたよ。休暇があれば、飛ぶような勢いで東京へ行ったんだ。舞子とイネには何回か会えて、一緒に写真も撮ったりして、親子三人の楽しい日々を過ごした。この頃が私の人生の最高の時だったと思う。人生のハイライトだったと断言できるよ。私の気持ちは幸せの絶頂だったから、舞子の決心を知ってはいても、まだ希望を捨てないでいたんだ。何とか方法があるはずだ、道は必ず拓けると、疑わなかった。朝鮮戦争が終わったら、今度こそ一緒になれると信じていたんだよ。

それなのに、舞子は二度と厳しい結論を変えることはなかった。

朝鮮戦争が終わっても、どうすることもできなかった。どうしても舞子の強い決心を、変えさせることはできなかったんだ。そして、私が乗っていた軍艦は日本を離れ、イギリスへ帰還した。

休暇でイギリスからオーストラリアに帰国した際に、両親から、アンは良い人だからと説得されたよ。私は三十五歳になっていて、もう若くはなかった。舞子を諦めるしかなかったんだ。

舞子と初めて会ってから、八年の月日が流れていたよ。

イネは私に似て、青い目をしていた。肌の色は透きとおるように白くてね。日本ではこの子は苦労するだろうと解っていたよ。

特にあの時代ではね。毎日、イネのことを思わない日はなかった。

涙をこぼす父を見て、イネには嘘を言ってはいないことがよく解った。

イネは母のことを思い出した。母は、独りでこの子を育てるのだと、どんなことが起きようとこの子だけは守り通してみせると、強く自分自身に誓っていたのだ。

父親のことは一切話すまいと決めたのも、その誓いの一つだったのだろう。叔母夫婦にも、生まれてくる子には絶対に父親の話をしてはならないと硬く誓わせていたくらいだから。

アンが亡くなってキャンベラに引っ越したあと、イネは、仕事がない週末や休日に、まだ元気だった父と犬を連れてよく散歩をした。天気さえ良ければ出かけたのだ。

老犬のヤマトは家で留守番。若いコジマとサクラに引かれるようにしていろいろな場所に赴いた。新しくオープンしたばかりの国会議事堂まで行ったり、日本大使館の前を通って世界各国の大使館の並ぶ通りを抜けて、遠くはバーリー・グリフィン湖の湖畔にも行った。途中で疲れるとカフェでお茶を飲み、のんびりとした時間を過ごした。

父は全ての公的行事から退いていたが、アンザック・デイの行進だけは例外だと言って出席した。海軍時代の部下だった兵士たちからの、是非一緒に行進してほしいという強い要望を大切にしたからだ。

この頃、親子はよく戦争のことを話した。話し合うというものではなく、父が経験したことを一方的に話し、イネが耳を傾ける形だった。結局、何故人は戦い続けるのか、この地球が終わる日まで戦いが止まないのだろうか、と暗い気分に陥ってゆく。

その度にイネはハッとなって、この今の時間を大切にと思ったものである。


父の容態は一進一退を続けながらも、少しずつ傾いてゆくように調子を崩す日も多くなっていった。エリザベスも医師として父親を診るために来てくれたが、「覚悟を決めなくては」とも言ったりして、イネに首を振って悲しそうに帰って行く。

そんな風になっても、父は少し散歩に出ようと言う日もあったから、イネはなんと強い精神だと驚くばかりだった。


父の話は、母との思い出話に留まらなかった。父が繰り返し話したことがある。

「戦争を肯定する訳では決してないけれど、第二次世界大戦があったから私は舞子と知り合い、イネが生まれた。あの戦争で、私の人生はたいへん違ったものになったし、日本という古い国の滅亡を感じさせた時代でもあった。

連合軍の支配下に置かれて、日本人にはいたたまれない時代だっただろう。もちろん世界中の人々の運命も大きく変わった」

過ぎた日々を無闇に掘り起こすのではない。自分たち親子が、今、一緒に暮らす意味の大きさを確かめたいから、何度でも話し合うのだ。

それでも、日本中の都市に落とした焼夷弾や、広島と長崎を襲った原子爆弾が、一般市民を虐殺したことに変わりはない。戦争の概念がどうであれ、その起こった事実だけは消すことはできない。

首都キャンベラに建つ、オーストラリア国民にとって重要な位置付けの戦争記念館を、イネが父と訪ねた時のことだ。思わず親子は、立ち止まって顔を見合わせた。

戦争反対を唱え、原子爆弾の投下の間違いを訴えるように演説する、中年のオーストラリア人女性のグループがいた。そこに通りがかっただろう若いアメリカの女子大学生が、胸を張り滔々と話し始めたのだ。その内容に、聞き入ったのである。

「日本国民が全員、最後の一人になるまで戦う姿勢を示したから、アメリカは早く戦争を終わらせるために、原子爆弾の投下が必要になったのです。原爆投下が無ければ戦争はもっと長引き、更に悲惨な結果になったでしょう。アメリカは間違っていなかった。正しいことをしたのです」

原爆投下は正義の証だと宣言する女子大学生の顔は、異常に紅潮している。

「アメリカは正義のために、世界平和のために戦ってきました。これからも世界平和に貢献するでしょう」

イネたち親子は、静かにその場を離れ、公園まで歩いてベンチに並んで座った。沈黙が続く。二人とも考えに沈んでいたのだ。父は何も言わず、真っすぐ前の風景を眺めているだけのようだった。そんな父から目を外し、イネは頭の中で自問自答していた。

平和のための戦い、それはほんとうに有り得るのだろうか。

原子爆弾の投下について、アメリカは言う。落とさなければ戦争は終わらなかったと。今になっても信じている人がどのくらい居るか、ほんとうのところは判らないけれど、この情報社会の現代でも、アメリカの中には、広島と長崎への原子爆弾の投下は正しかったと信じている大学生たちが居る。今まさに、その現実に直面したのだった。

近年のイラク戦争にしても、ジョージ・W・ブッシュが、二〇〇一年のニューヨークの国際貿易センタービルなど数箇所へのテロに復讐するという口実で、仕かけたのではなかったのか。イラクが大量破壊兵器を持ってはいけなかったのだろうか。

かの国が原子爆弾などという危険極まりない破壊兵器を所有するのは間違っているからと、攻撃したのか。結局大量破壊兵器は見つからなかったけれど。

堂々と胸を張って演説するアメリカの大学生の話は「世界のどの国であろうと、アメリカに刃向かうことは許さん」と言っているようであった。アメリカの主張に従うことが、世界の正義であり、民主主義なのだろうか。

イネには、どうしても解らないことがある。原子爆弾などの大量破壊兵器の所有を、許される国とそうでない国があること。その基準は何なのか。大国には許されるのか。中国やインドの核実験が黙認され、アメリカ、フランスなどは長年、太平洋の諸島で核実験を行ってきた。

ロシアはソビエト連邦時代から、アフガニスタンでの戦いを続けて泥沼化させたし、今でも南へ東へと狙いを定めているように見える。

なのに、イランやイラクは何故、非難され騒がれるのか。難し過ぎてイネには解らないことだらけだ。ただ何時も不思議に思っている。

こんな場合は、国連の果たす役割にも、自ずと限度があるようにも感じられてくる。現時点では複雑に絡み合う世界情勢があって、単純に一言で表現することはできないだろうと思うのだが。

人間という動物は、戦いが好きなのだろうか。紀元前から今日に至るまで人類は戦いを止めてはいない。

極東の小さな島国の日本だって、六世紀頃からは盛んな内戦があり、応仁の乱以後は国盗り合戦が続き、十六世紀から十七世紀の初め頃まで、戦国時代と呼ばれる戦い続けた時期もある。そして明治期の日清戦争と日露戦争を経験して、昭和の戦争へと続いた。中国との戦いに続いて、世界を相手に太平洋戦争となった。

日本はこの昭和の戦争のあとには、世界各地で起こった戦争には参戦していない。長い間、平和が続いている。

第二次世界大戦の日米英戦を例にとれば、人類とは、何かを新しく開発したら試さずにはいられない、辛抱の足りない生き物だということをも理解しなければならない。日本全土に落とし続けた焼夷弾や、あの原子爆弾投下の惨劇は、兵士ではない一般市民、女や子供、そして老人たちを殺戮したことになる。

ベトナム戦争での枯葉剤による悲惨な結果は、後々までも人類を苦しめ続ける。誠にもって理解しがたいが、人間社会の限りない欲望なのか。何なのだろう戦争とは。二十一世紀の今も続く戦争とは。

しかしながら、近代の第一次と第二次世界大戦が、世界中の人々を苦しめたにも関わらず、その後も戦争をやめない。

益々エスカレートするように、アメリカ自由主義とソビエト共産主義との戦いがあったし、朝鮮半島を北と南に分け、ベトナムを北と南に分けての争いもあった。長年にわたって他国に兵隊を送り込み、その国に暮らす人々を無視し、蔑ろにして、殺しあった。

また、中近東やアフリカで続く内戦など、限りなく戦いは続くようであるが、何時になったら人類は戦いを止めるのだろうか。

アフガニスタン攻略や、ユーゴスラビアの分裂、アフリカ大陸やロシアの各地で繰り返される内戦、中近東のイラクの問題、パレスチナやレバノンとイスラエルの間で限りなく続けられている爆破事件など、世界中で戦いが止まない。

最近では、兵士ではない一般の人、女性までもが自爆弾になって、学校や電車やレストランなどの公共の場で爆死する。

この地球という美しい星を守らなければならない時が来ているのに、世界は宗教問題、人種問題、そして領土問題でいつまで争い続けるのだろうか。テロやゲリラなど戦い方も変わってきているが、人は戦い続ける動物なのかもしれない。また、兵器や石油産業が、世界の経済を潤していることなども考えにあるのか。

イネは父と一緒に暮らしている中で、やり場のない深い悲しみに、癌の痛みを越える痛苦を何度も見てしまった。

ふと気が付くと、父がこちらを見ていた。考えにふけっているイネの顔をじいっと見つめていたようだ。

「私は兵隊だから、どの戦争にも出かけて行った。人と人が殺しあうのだから当然ではあるが、戦争ほど人格を損ない、その後も過酷な人生を強いる行為は他にはないだろう。

兵隊たちは耐え切れなくなって麻薬に手を染める。無事に兵役を終わって帰国しても、精神を病み、鬱になったり塞ぎ込んで、自殺する者があとを絶たない。

私の部下からも、多くの自殺者を出してしまった。特にベトナム戦争は、兵隊たちを落ち込ませた。終わりのない戦いだった。ベトナム戦争が終わった時、私はもう五十六歳にもなっていたから、これで終わりにしようと思ったね。

その代償がこの夥しい皮膚癌の傷跡なのか。海軍の兵隊は皆似たようなものだ」

吐き捨てるように言って、歪んだ顔で笑う。

ほんとうの胸の内を吐き出すようなことはなかったのかもしれない。それでも、戦争の話をするときの父の顔は、その真っ直中で戦ってきた自分をも含めて憤り、何時でも怒っているようにイネには見えた。

ベトナム戦争のあと、父がイギリス海軍中将という身分を辞して、オーストラリア政府の海軍上層部に請われて移籍したことは、あとになってブラウン氏から説明を受けた。けれども、イネにとってはどちらでもよく、大した違いは解らなかった。

しかしながら、父とこうして戦争の話をするようになる前までは、あらゆる戦争に参加してきた父親の、気持ちまでには思いが回らなかったのである。

イネ、戦争に行かされる兵隊たちには、二つの考え方があるんだよ。

第二次世界大戦後は、兵役を法律で課す国は減っている。やはり兵隊になって戦争に赴く者が、明日は自分の命がないかもしれないと考えるのは当然なことだ。だが、それとは反対に、自分が死ぬ訳はないとも信じている。矛盾しているがね。

平和な自国を離れて戦場へ向かう時の兵士の気持ちは、複雑なんだよ。自国内ならば、人を殺傷すれば罪になる。当たり前のことだ。ところが、明くる日に到着した戦場では、全く違うんだ、人の命が。

所謂、職業軍人と呼ばれる人々は、また違う。プロの軍人だから厳しい訓練と教育を受けて、戦うために万全の準備をして、戦争に出かけるのだ。

海流の研究がしたくて、大学で勉強を始め学者になるつもりが、何時の間にか士官学校の研究室に席を置いていた。卒業した時には、戦略を学んだリッパな海軍将校の一人になっていたからねぇ。血気ある若者として、既に始まっている戦争に、何の抵抗もなく染まっていったよ。

だが、第二次世界大戦の終局を極東の国、日本で迎えた時には、物事の判断のできる年齢になっていた。二十六歳になっていたからね。少しずつ世界が見え始めていた頃だったんだよ。その時に舞子に出会った。

それでも大きな歯車の歯の一つに過ぎない者の行動は、制約と規律に厳しく縛られていた。時には、自分の信念が何処にあるのか見失ってしまうこともあった。他に兄弟も居ないから、両親の期待を裏切ることはできないと思っているうちに、少しずつ出世してしまったから、海流の研究に戻り学者になることも諦めてしまった。

兵士になるには、あまりに性格が軟弱であると長年思ってきた。それでもこの歳まで生きることができた。

戦場に立った者は、経験したことや目にしたことが、何時までも消えることはなく、心の奥の方に恐怖として張り付いてしまう。部下の中には、精神科に通う者もたいへんに多い。退役したあとになっても、部下の自殺を聞くと、悩み苦しんだ。申し訳ない思いと、遣り切れない深い悲しみが溢れてくるんだ。

軟弱どころか、たいへんに強い意志を持った人だとイネは理解しているけれど、口に出して反論したことはない。父は話しながら時折自嘲する。その独特の歪んだ笑顔に、胸が痛むのだった。

「舞子に出会って、イネが生まれた時が、私の人生のハイライトだった」

そう言い切って止まない父が、イネは一番好きだ。けれども、戦争について話す時の、遣り切れないような寂しい顔も、イネはもう一つの父の顔だと思う。

そこにほんとうの父という人、兵士としての苦しみを味わい消化してきた一人の人間としての優しさが、充分に伝わってくるからだ。


重症の皮膚癌で入退院を繰り返すようになってからは、食べる物も喉を通らなくなった。漸く好きなスープを飲み込んだと思った途端、激しい嘔吐と苦しい痛みで、身体は海老のように曲がってしまう。近くに住む担当のホームドクターが飛んできて、痛み止めのモルヒネを打ってくれると、痛みが少し治まり楽になる。そんな繰り返しだった。

父は、明日はもう駄目かもしれないという時期になっても、イネとの対話を続けた。自分ができる限り、イネに最大限に遺しておきたいと、焦っているように見える日もあった。

イネが独りになっても、しっかり生きて行けるように、強い人で居られるようにと、さまざまな角度から人生を語ってくれたのである。

二

「イネの好きな人は、あの空港に居た人ではないのかい」

ある日突然、父が訊いてきた時には、心臓が止まるかと思った。

「ずっと離れて立っていたが、黙ってイネを見ていた眼が、昔私が舞子を見ていた眼と同じだったよ。時間を作って会いに行きなさい」

真剣にイネを見つめたかと思うと、表情がゆるんだ。

「イネ、幾つになる?」

「あら、レディーに歳を訊くなんて……。まぁいいわ。五十三よ、お父さん」

「何時からだい」

「二十八からよ。でも私が勝手に想ってるだけだったの」

「二十五年にもなるねぇ……」

「あの方には素敵な奥さまと、女の子が二人居たの。無理だったの、最初から」

「人生、上手くいかないなぁ、イネ」

「はい」

「でも、あの人もイネを愛しているよ。私はそう思うね」

「…………」

「あの眼は嘘を言っていないよ、イネ」

「でも、もう終わったから」

「そういうところは、お母さんにそっくりだ」

「何時も泣いているところは違うでしょ」

「いやいや、違わない。お母さんも泣き暮らしてた」

「ほんとうなの」

「ああ、ほんとうだとも。私も一緒になってめそめそ泣いてたがね」

イネは唖然と父親の顔を見てしまった。まさかこの父がめそめそ泣いたなんて信じられないと思いながら……。途端に父は話を元に戻してしまった。

「やっぱり、何時かはあの人に一度会った方がいいと思うよ」

「…………」

「もうすぐ私は舞子の所へ旅立つから、そうしたら、すぐに会いに行きなさい」

「…………」

「あの人も、イネが来るのを待っているかもしれないじゃないか」

「それなら嬉しいけれど……夢ね、それはきっと夢よ」

父は娘の赤くなった顔を見ながら、ほとんど独り言のように呟いた。

「もしも私がイネを迎えに行かなければ、オーストラリアなどに呼ばなければ、イネはあの人と結ばれてたかもしれないなぁ。もしかしたら、この父がイネの人生を狂わせたのだろうか。イネの幸せを奪ったのは、もしかしてこの私なのでは」

「そんなこと絶対にない！」

イネはほとんど本能的とも言える速さで言い、首を振っていた。だが、突き上げてくる感情のままに涙を止めることはできなかった。

移住してすぐに通い始めた英語の専門学校が面白くなり、続いて大学に入学したら、勉強に追われて瞬く間に日々が過ぎて行った。そんな中でも、セメスター毎に提出する企画設計のプランニングや、その想定に従って図面を引く時、――本田さんならどう描きますか――と心の中で質問している自分に気づいて、顔が赤くなったりすることもあった。

当然答えなどない。日本とオーストラリアに遠く離れてしまったことを実感した瞬間でもあった。

イネが都立高校を卒業して入社した当時の仕事は、お茶汲みと電話番と雑用係であった。一日中立ち通しで、設計室から上がってくる図面のコピーをとるだけで一日を終える日もあった。

やっと三年目に設計室に異動でき、それからはトレースを専門にしていた。入社七年目の春に、大学院を卒業した偉い技師が本社から出向してきた。雲の上に感じるその技師が、一番端のイネの机の、空いていた隣に席を決めて仕事を始めた。

「本田です。どうぞ宜しく」

「今泉と申します。どうぞ宜しくお願い致します」

緊張しながらイネは、この若い室長に向かって、丁寧にお辞儀をしたのだった。

その半年後に結婚した本田は、益々落ち着いてきて、仕事は早くて正確、誰も敵わないプロの仕事をした。

隣の席がきれいに片付いたままのある日の午後、総務の伊藤さんがお茶を入れて持ってきてくれた。ニコッと笑って机の上に置いたあと、少し顔を寄せてきた。

「本田室長のところ、また女の子が生まれたそうよ」

そのこぼれるような笑顔を見れば、会社の誰もが彼を尊敬していることが解る。イネも大いに賛同して頷き返したものだった。

本田は一流の技師だったから完璧な仕事ぶりで、加えて責任感があり寡黙だった。半面、設計の室長として皆の先頭に立つリーダーシップもあり、仕事場の雰囲気はなかなか良かった。

イネはラッキーにも、その隣で仕事をすることができたのだ。彼の仕事を真似たりしながら、技術を学びとりたいと、一生懸命だった日々を思い出す。

現場に同行した日のことは忘れられない。一緒に連れて行ってもらえる日が来ようとは、考えてもみなかったからだ。イネを部下の位置においてくれて、質問すれば指導もしてくれるようになり、イネの設計の技術はどんどんと進歩していった。

「おっ、今泉さん。教師が良いと生徒も伸びるなぁ」

社長が冗談のような、真面目なような言い方で、からかって面白がったりしたものだ。あの時は本田との間に個人的には結構な距離があったから、長年一緒に仕事ができたのだろう。イネが父親を捜しにオーストラリアに行ってから、彼の中のイネの位置が変わっていったのかもしれない。ただの部下が、少しずつ自分の心を占領してくる怖さがあったのだろう。一時期から気安さが消えたのである。仕事においては何ら変わることはなかったし、相変わらずてきぱきと進める仕事は素晴らしかったが、イネに対してだけ言葉数が減っていった。

イネが知っている本田室長のプライベートといえば、幸せな家庭で若くてきれいな奥さんと子供は女の子が二人、実家は大宮ということだけだった。

ある日、母の形見の中にあった写真を見ていた時のことだ。写真の父は、大きな身体で赤ん坊の自分を抱いている。白黒の写真で年齢ははっきりしないが、丁度今の本田の年代なのではないかと思った途端に、理解できたように感じた。

一言も語らなかった母から父の面影を探ることはできなかった。そのため、一枚の白黒の写真から想像で創り上げていったはずの父が、彼に似てしまったのは、無意識のうちに、憧れていた本田に父の姿を重ねてしまったからかもしれない。

もちろん、ただそれだけのはずはないが、てきぱきと仕事を片付ける本田は、この上なくカッコ良くて、一緒に働くことは誇らしくもあり、仕事の喜びと楽しみを倍加した。


オーストラリア大使館の総領事を兼ねた、移民担当のブラウン氏が、父親を捜して国際電話で繋いでくれて以来、その四年後に移住が決まった。その間に、イネは四度オーストラリアを訪ねている。

全ての法的手続きも終了して、いよいよ会社も辞めて、アパートを出て行く日が来た。移住までの二週間を叔母の家で過ごし、父親が迎えに来てくれるのを待って、一緒に日本を離れるのだ。

一人で大丈夫だと言うイネを、父は厳しい言葉で遮り、諭すように言ったのだ。

「私は父親として、真や路子に会って、長年慈しんで育ててもらったことへきちんとお礼を言わなければならない。それが礼儀であり、人の道だよ」

「それに、もう一つ……大切な用がある。舞子に会いたい……」

電話の向こうの父の声は、途切れ途切れになっていた。イネは感動で胸が熱くなって、受話器を握ったまま深々と頭を下げていた。


退職する日は金曜日だった。

「十六年も勤めてくれた女性は、今泉さんだけだからね。盛大に送別会をしなければならない」

さすがに最後は勤務年数を間違わない大森社長だったが、目立ちたくないイネは、張り切る社長を恨めしく思いながら眺めていた。

「社長はとても良い人なんだからね」

本田が横に来て、イネの心を読んだかのように、ニコッと笑った。

五時丁度に、社長の挨拶で送別会が始まった。全員集まると、あれ、こんなにも居たかと思うほどの人数になった。イネが入社した頃は十人余りの小さな会社だったが、少しずつ大きくなってきていたようだ。

大森社長から花束と、特別記念だと言って腕時計をもらった。名前は知らないがスイス製の時計で恐縮してしまった。すると、ざわめきの中から誰かが大声を張り上げた。

「社長、我々が退職する時も、スイス製の時計が頂けるんですか？」

「もちろん君たちの退社の時は、何も出せん。勝手に辞めてもらう。今泉さんは特別だからね。君たちとは一緒にはならない」

「そんなの差別じゃないですか。社長が社員を差別していいんですか」

「いいんだ。社長は我が儘と決まっている。差別は当然だ」

大きなブーイングとともに皆が大笑いした。大森社長が張り切り、威張るという、明るい雰囲気の送別会になった。

明日からもうここには来ないのだ、という実感が湧かないままのイネに、皆からは質問の嵐だった。「オーストラリアで何をするの」「何処に住むの」「誰と住むの」などなど、訊かれる度に同じことを繰り返した。

「まだ何も決まっていないのです」

何をするかは判らなかったが、他の全ては決まっていたのであるが。

皆がイネと親しい訳ではなかったが「帰国の際には是非会社に寄ってくれ」と全員が寂しがってくれた。それでも最後は本音が漏れ、「今日は今泉さんのお陰で早く帰れる」と、皆大喜びで帰って行ったのだ。

イネも社長と本田にお礼を言って会社を出た。

翌朝からは、引越しの片づけをしなければならない。大した物がある訳ではないので、半日もあれば済むだろう。何となく寂しくて、帰ってきたスーツのまま、四年も住んだ部屋を眺めてぼんやりしていた。

突然電話が鳴った。真一郎だった。

「明日の手伝いに女房を行かせようか」

「大した物は何もないし、半日で終わるから大丈夫よ。ありがとう」

「夕方には会社の車を回せるから、それまでに終わらなかったら連絡してくれ」

また電話が鳴った。今度は祥子だった。彼女の家も紀尾井町なので、小さな娘二人を連れて、時々ここにも遊びに来てくれていたのだ。

「明日の荷造り、手伝うわ。何時くらいに行けばいいかしら」

「何も無いので、すぐに終わるから、一人で平気よ」

「そういえば、なぁんにも無いお家だったわねぇ。書生さんのお部屋みたいに本だけ」

クスクスと笑う祥子と一緒に一頻り笑い、お礼を言って電話を切る。従兄妹たちの気遣いに心が温まったイネは、服を着替えようと立ち上がった。

三度目の電話が鳴った。何と今夜は電話のラッシュだと思いながら、受話器を取った。

「はい、今泉でございます」

「……本田です」

「あっ…………」

「お別れだから……」

「…………」

「会えるかな……」

ああどうしようと、動悸が高まる。

「まだ、会社ですか」

「いや、信濃町の駅です」

「……いらしてくださるんですか」

「……うん」

ほんとうのところ、イネにはどうしたらいいか判らなかった。今一度会いたいと、心の中から叫びたいほど願ってはいたが、具体的にどうしたら会えるかは思いつかなかったのだ。

彼の方から訪ねてくれるなどとは思ってもいなかったから、動転してしまっていた。ここに住んだ四年ほどの間に、叔母と従姉妹三姉妹の他には、人が訪ねて来たことはない。

どうしたものかと、うろうろ歩き回っているうちに、下の玄関からインターフォンが鳴った。大慌てでエレベーターで下りて玄関のドアを開けた。

会った途端、黙ってお寿司の包みを差し出す本田。イネは何と言っていいのか判らず、黙って受け取ってしまった。

「お寿司買ってきたから一緒に食べようと思って」

本田が付け足しのように言う。イネは真っすぐに自分を凝視していることに気づいたが、本田の顔を見ることができなくて、渡された寿司を持ったまま下を向いてしまった。

心臓が早鐘を打つようだったが、何とか本田をエレベーターに導き、部屋に案内した。

「きれいなお家だね」

「どうぞ、こちらに座ってください。今、お茶を入れますから」

「お腹空いたな。君もさっき、何も食べてなかっただろう。日本橋まで行くと、もっと美味しいのがあるんだが」

「ありがとうございます……」

――ああ、見ていてくれたんだ――、そんな幸せな気持ちが湧き起こった。漸く落ち着きを取り戻して会話らしい会話になったものの、よほど緊張しているらしい。結局、イネには寿司の味はほとんど判らなかった。

食事のあと、ソファーに少し間を空けて並んで掛けていた二人は、互いの方を向くこともなく、静かにお茶を飲んでいた。

「空港には行かないから、今夜でほんとうにお別れだね」

ぽつんと零れた本田の声に、ゆっくり横を向くと、その目が潤んでいるように見えた。イネの心からの叫びのように、言葉が勝手に走り出していた。

「今夜は一緒に居てください。お願いです。貴方をずうっと慕ってきたんです。今夜は私のために時間をください」

言い終わった時には、イネの身体は本田の腕の中にすっぽりと抱きしめられていた。

イネが、長い間夢見てきた夜がやって来たのだ。明日から永遠に戻ることのない別離が来るのだと解っていても、それでも今は神に感謝したいほど幸せだと思った。


浅い眠りの中からぼんやりとイネの意識が浮上してゆく。うっすらと目を開け、薄暗い部屋の中をぼうっと眺めた。ソファーに黒い塊が見える。本田だ。座っている本田の背中が震え、声を殺して慟哭しているのだ。イネは一瞬で目覚め、驚いて、「何故なの」という言葉を飲み込んだ。暫く息を殺していたが、恐る恐る声をかけた。

「本田さん……」

彼は黙って立ち上がり、こちらに来ると、今度はイネを抱きしめて静かに泣いた。どれくらい時間が経っただろう。イネには長い時間に感じた。本田は両腕を伸ばして、イネの肩を支えてから目を覗き込む。

「きれいだ……」

震える声を絞り出し、また涙をこぼした。

「僕は今夜の感動を生涯忘れない……ありがとう」

夜明け前のひと時、イネは再び本田の腕の中で、夢を見ているような幸せな感動が、彼の鼓動から伝わってくるのを感じた。初めての経験のイネの身体を、本田は温かく、この上なく大切なものに触れるように、優しく抱いていた。

ふと母のことが頭を過ぎった。母も父の腕の中で幸せだったのではないかと、初めて、母の短かった女としての幸せを心から理解できたような気がした。

結局別れることになった両親の愛が、今本田の腕の中で震える気持ちと身体を通して、イネに伝わってくるような、不思議な感覚だった。

そのまま本田が眠りに誘われると、イネは彼の腕の中からその寝顔を見つめていた。

部屋に少しずつ光が届き始めた。イネはそっと腕の中から抜け出し、素早く身支度してコーヒーを入れた。最後のコーヒーを一緒に飲んだら彼は行ってしまうだろう、永遠に。

成田空港の別れの日に、来ないと言った本田が来ていたことに、イネは気がついてた。しかし、近づくことも話すこともできず、見送りのお礼も言えずに別れてしまった。

遠い昔のような気もするし、また、昨日のことのようにも思える。あの日のことは繰り返し思い出されるのだ。二十二年前の、大森建築設計事務所を退職した金曜日。あの日が私の人生の最高の日だったのかもしれないと、今になってイネは思う。

三

父親は、だんだんとベッドで寝る時間が長くなってゆくことに、焦っているようだった。まだ他にイネの人生を手助けしてやる術はないかと、探し続けている。

「イネは舞子になんて似ていることだろう」

前は喜びがこもっていた言葉にも、今は深い悲しみが込み上げてくるらしく、目を潤ませる。そして、酷い人生だった母、舞子と同じような人生を歩もうとしている娘に助言し続けるのだ。

「彼に会いに行きなさい」

その度にイネの頭にはある思いが浮かぶ。誰かを愛するということと、一緒に暮らせるということは違うのだ。両親だって、強い愛情で結ばれていても一緒になることはできなかったのだから。

「お父さんだってお母さんを諦めたのでしょ。愛ってほんとうは何を意味するのかしら？」

「お父さん、愛って何？　好きになること、尊敬していること、会いたいと思うこと？」

「私だって、本田さんに会いたいけれど、会う勇気が無いの……」

「一緒に暮らせない、家庭を築けない二人の愛は終わるしかないのよ。逆に一緒に暮らしている夫婦でも愛しあっているとは限らないでしょ」

「愛とは一体何を指しているの?」

父を失う日が刻一刻と近づく中、イネはどんどん不安になっていった。それを押し殺しながら、甘えてみたり、強がってみたり、時には父を傷つけるようなことも口にしていた。そんなイネを包み込むように、父はイネを諭すのだ。

「イネ、ほんとうの愛情とは、相手を思い遣る心だ。優しく温かい心で考えることだよ。そして自分のほんとうの心を真っすぐに相手に伝えること。一緒に生きられる人ばかりではないが、お互いの気持ちだけはしっかりと確認した方がいい。勇気を出して会いに行きなさい」

イネは、母親の一生は、苦労だけして終わったと長い間思い込んでいた……。

しかし、今思い返せば、親子で暮らした頃の嬉しかったこと、幸せに感じたことなどが鮮やかに蘇ってくる。

今、父親に伝えてあげなければ。父親が何時までも心の奥の舞子に想いを寄せていたように、母舞子自身も、イネを通して父を愛し続けていたのだろうと、はっきりと理解できる。そのことを今、父親に話してあげたい。

そして本田のことも聞いてもらいたい。静かに寝ている父親に、温かい心のこもった声で語り始めた。

ほんとう言うとねぇ、お父さん。私ね、お母さんのことをずうっと長い間誤解してたの。叔母さんの家の離れで暮らしていた頃も、引っ越してアパートでお母さんと二人暮らしになった時も。そして、突然お母さんが亡くなってからは特に、叔母さんは何でもあって幸せで、姉妹でどうしてこんなに違うのだろうと、何時までも解けない問題のように、心から離れず不思議に思っていました。

人は皆違って当たり前で、姉妹と言えども例外ではないと頭では解っているつもりだったけれど、知らず知らず、叔母さんとお母さんを比べて不公平に感じていたの。ところが不満を持っていたのは私だけで、お母さんはそんな風に考えたことなど、たぶん一度もなかったのでしょうね。

姉にとって妹の幸福な生活は、この上ない幸せであり、自分の不幸とは何ら関係がないことは、お母さんにとって当たり前のことだったのね。娘の私が姉妹を比較して、羨んだり嫉妬したりしているなんて、全然知らなかったと思うわ。

それなのに私は、お母さんは一度も幸せになることもなく苦労だけして、そして突然、亡くなってしまったと長い間信じてきたの。

でもお父さんから、こんなふうにお母さんのお話を聞いてからは、考えが少しずつ変わってきました。お母さんは短い間だったけれども、お父さんと一緒の時、とても幸せだったのね。

私が生まれた時、お父さんも人生のハイライトだったとおっしゃったでしょ。お母さんも同じ気持ちだったと今は解るのです。

人生で一瞬でも輝く時があれば、それで幸せと言えるかもしれないと思うようになりました。生きている間中ずうっと幸せな人なんて、なかなか居ないのでしょうね。だから一瞬でも、自分が幸せと感じることができれば、それで幸せな人生と言えるのね。

お母さんは、お父さんのことを一言も話してはくれなかったけれど、私を守ることでは異常なくらいだったのよ。

幼稚園だって、檀家の子供だけを入れてくれる小さなお寺さんの幼稚園だったし、小学校も浅草橋に引っ越したあとも、必ず毎朝送ってくれて、帰りは迎えに来てくれました。一日も欠かしたことはなかったわ。中学生になってからも、二年生でお母さんが亡くなるまで毎日、何時でも迎えに来てくれました。

私がお父さんの子だから、必死で守ってくれたのね。お母さんには、私がお父さんの代わりだったのでしょう。私を守って二人で生き抜くことが、お母さんのお父さんへの操を立てる気持ちだったのではないかしら。

一緒にオーストラリアで暮らすことを拒み、お父さんの幸せを奪い取って、悲しみを与えてしまったと考えていたのかもしれません。お父さんの愛情が本物であるだけに、その愛に応えられなかったことが、よほど苦しかったのね。

お父さんや私への申し訳ないという自責の思いと、舞子という自分自身の苦しみとに向かい合っていたのだと思います。だから余計に私を大切に育ててくれたのではないかしら。

それにお母さんの心の中に刻み付けられているお父さんの思い出は、お母さんだけのものだったから。思い出は誰にも奪われないもの。

お父さん、覚えているかしら。母屋から離れに入った所に、板の間のちょっとした広間があったでしょ。あそこに置いてあった古いピアノ、何時もお母さんと一緒に弾いていたのよね。

私もよくお母さんと並んで一緒に弾いたのよ。正式にピアノを習ったことはないけど、お母さんが教えてくれた曲は、まあまあ弾けたから。

あれはみんな、お父さんと二人で弾いた曲だったんでしょう。ショパンが多かったけれど、中でもマズルカはよく弾いたのね。モーツアルトのトルコ行進曲やベートーベンのソナタも。

お母さんは、何時でも楽しそうに弾いてたもの。

ピアノを弾いている時は、お母さんの横には何時でもお父さんが一緒に居たのでしょうね。ほんとうに楽しそうだったから。

苛めっ子に囲まれて酷いことを言われている時に、お母さんが駆けつけて、凄い勢いで向かって行ってくれたことも、一度や二度ではなかったわ。お母さんが来てくれなかったら、ほんとうに危ないことになってた時もありました。

特に中学生になった頃から私は背も高かったから、不良みたいな中学生や高校生に囲まれて、恐ろしい思いをしたこともあったのよ。そんな時にはお母さんが大声で「おまわりさん、こちらです」と叫びながら走ってくるの。不良たちは皆逃げてしまったけれど、おまわりさんも来なかった。

私はそんなお母さんが大好きでした。何て頭が良いのかしらと、何時も驚くことばかりだったけれど、私が苛められる度に、お母さんの目には何時も涙が光ってたから、お母さんを悲しませたくなかったの。

だから、小さい時から人に逆らうことはしなかった。それがどんなに恐ろしいことになるかを知っていたし、笑うことで誤魔化してしまうことも、自然に身につけていたのだと思います。

お母さんの形見の中に、初めてお父さんの写真を見つけた時から、それがお守りになったの。ブラウンさんに初めてお会いした日も持って行ったから、ブラウンさんが手品みたいに、同じような写真を並べた時は驚いたわ。

形見の中にあった一枚は、今日まで何万遍見たことでしょう。だから、ぼろぼろにならないように、ナイロンのケースに入れて持ち歩いたのよ。

私はねぇ、大使館でブラウンさんから、あのたくさんの写真を見せられるまで、お父さんが生きていることさえ知らなかったわ。

あの時、お父さんと電話で初めて話した瞬間まで、自分の出生を呪っていたのよ。解るでしょ、お父さんには。

ここまで話して、イネはふぅーと深呼吸のように息を吐きながら、ベッドに横になって聞いている父親の顔を見た。閉じた目から止め処なく流れる涙をイネはハンカチで黙って拭い始めた。そのイネの手首を、思ったより強い力で父親が握り、ゆっくりと目を開けて言った。

「イネはやっぱり、私のエンジェルだったようだ」

そしてまた、ゆっくりと目を閉じる。

「お父さん、まだ眠らないで話を聞いててね。続きがあるの」

高校三年の三学期に、学校から推薦で奨学金学生に選ばれて、大学卒業したら教師になれるからと言われた時は、身体が凍ったみたいに感じたわ。その時も逃げたし、叔父さんの会社に入社することも断りました。

周りの誰一人として、私のことを理解できなかったでしょうね。担任は締め切りの当日まで、私を説得しようとして必死になっていたわ。もちろん感謝はしたけれど、正直言って迷惑でもあったの。

叔父や叔母は、何回も考え直せと言ってくれました。普通に考えれば私の方が偏屈に見えたでしょうし、実際その通りだったと思うわ。結局、私は全てから逃げて、誰にも繋がりのない、あの小さな会社を選んで入社したのだから。

私が二十五歳の春、社長が自慢しながら心待ちにしていた、偉い技師が本社から出向してきたの。席を私の隣に決めて仕事を始めたのよ。社長が、うちのような三流会社には勿体ないような技師だと言っているのを何回か聞いたし、ほんとうに仕事のできる素晴らしい人で、設計室のチーフとして、すぐに皆に尊敬されるようにもなったわ。

私は学歴もなく男社会での引け目を感じていたけれど、本田さんは積極的に仕事をさせてくれました。そして現場にも連れて行ってくれるようになったのよ。

自分が一人前になったような嬉しい気分だったわ。私がお父さんを捜して、アデレードの住所を訪ねた頃からだと思うけれど、彼が私のことを、ずいぶん心配してくれるようになったの。勝手に私が想っているだけではなくなったように感じたけれど、どうにかなるというものではないし、そんな恐ろしいことは口には出せませんでした。

それからは、ほんのちょっとした会話が嬉しくて、彼の気持ちを期待したり、そんな自分を責めてみたり。気持ちがこれ以上膨らむのが怖かったわ。

そうやって過ぎてゆく日々の中で、私の選んだ一つ一つが、本田さんから離れる未来に繋がっていったの。

いよいよ移住する日が決まり、会社の送別会の日だったわ。アパートから引っ越して、叔母さんの家に戻ることになっていた最後の夜、彼が初めて訪ねて来てくれたの。

送別会で、私が何も食べていないようだったからと言って、お寿司を買って持ってきてくれて。その時……今までの気持ちが爆発したように我慢が切れて「今夜は一緒に居てください。貴方をずうっと慕ってきたんです」と口に出してしまったの。

私の人生で一番幸せな夜だったわ。あの夜があったから、後悔しないで日本を離れることができたのよ。

空港には行かないと言ったけれど来てくれたの。でも私に近づこうとはしなかったわ。あれで良かったと今でも思っています。

お母さんがお父さんと別れたあとも、思い出だけを抱きしめて生きてこれたのは、私というお父さんの子供がいたからだと、この歳になって漸く真実が解ってきたように思うわ。

あの夜、本田さんは私に、この感動を生涯忘れないと言ってくれました。だから私もその言葉を信じて今日まで生きてきたわ。私、間違っているのかしら。

「いや、間違っていないだろう。あの人もイネを愛しているよ、きっと今でも。

私は、気づいていたよ。空港でイネだけを見つめるあの眼は、遠い昔に私が舞子を見ていた眼と同じだったからね」

そして父は何時も同じように言うのだ。

「だから会いに行きなさい」

「アンが、娘に会いに行きなさいと勧めてくれたって言ってたわよね。もしもその時、お父さんが、私に会いに来てくれてお母さんが生きていたら、どうなっていたと思う？」

イネは父に、疑問に思ったことをどんどんとぶつけていた。父も、質問すると、どこか嬉しそうに答えてくれるのだ。

そうだねぇ、たぶん舞子は喜んで私にイネを会わせただろう。でも自分は、決して私の前には現れなかっただろうね。舞子はそういう人だ。

初めて舞子を助けて、大和屋に送って行った時から、私は長い間憧れていた大和撫子とは、舞子のことだろうと思ったものだ。別れることになってしまったが、最後まで心から信頼できる素晴らしい女性だった。

軍事的にも政治的にも、日本を占領して支配下に置いていた時期で、私たち連合軍の将校、特にアメリカの将校やその下の下士官は、傲慢で威張った口をきいていたし、態度でも日本人を見下す者がほとんどだった。

略奪のようなことが毎日のようにあちこちで起きていた。平気で人の家へ土足で上がって行くなどということが、当たり前になっていた時期もあった。

そんな時に舞子に出会って、私はあの小さな国の国民の、洗練された賢さを見た思いがしたんだよ。長い歴史の中での人々の努力と教養の深さにも驚いた。

十八、十九世紀の頃の、日本国民の平均的教養の高さは、世界一ではなかったかと思うよ。もちろん何を基準にするかに問題はあるが。特に江戸時代の侍の教養、その家族の躾や礼儀の厳しさは圧巻とも言えるだろう。

商人のレベルでも楽々と数字を操り、金制度と銀制度のレートの交換までいとも簡単にやってのける。大工や庭師などの仕事を見てご覧。今だって世界に類をみない技術力だし、ほんとうの芸術だね。

見た目にも寺や神社などの建築は芸術だし、内装は特に素晴らしい。ヨーロッパの宮殿とは違った意味での素晴らしさがある。繊細でしかも大胆な、あっと驚くほどの真の芸術だね。絵や能や歌舞伎に至るまでの全ての芸術、芸能、素晴らしいじゃないか。みんな人々の努力の賜物だ。

農夫と言えども例外ではなく、皆自然の恵みに感謝しながらも、収穫のために知恵を出しきり、精一杯の努力を重ねる。こんな国は世界中何処にもなかっただろうと思うよ。

舞子が、曾祖母も祖母も士族から嫁に来たと話してくれたが、彼女たちの立ち居振る舞いには、無駄というものがなく、それは見事な芸術品のようなものだったそうだよ。それでいて、明るくきれいだったと。そういう時代の日本の優しさと美しさ、そして賢さを舞子は自然に身につけていたのだろうね。

私は、舞子が亡くなっているなどとは想像したことがなかったからね。ブラウンさんから聞いて、舞子が亡くなっていることを知った時には、悲しみと驚きで絶句してしまった。私の悲しみが伝わったのか、アンもとても悲しんで、イネをオーストラリアに迎える時期が来たのだと言ってくれたよ。

アンは舞子が亡くなったと知った瞬間、心の奥底にあった嫉妬から解放されて、イネに強い愛情を抱いたように私には思える。イネも知っているように、アンは心から優しい人だったからね。

そして、何時もの話題になった。繰り返し同じことをイネが訊き、父が同じ答えを言うのだ。まるでゲームのように。

「天国に行ったらお母さんの所に行くの？　アンの所に行くの？」

「舞子の所だよ、イネ。今度は別離はないからね。永遠に一緒に居られる。アンは隣に住むベストフレンドさ」

「エリザベスとヘレンはどうなるの？」

「ああ、あの二人は大切なアンの子供さ。だから私にもとても大切な子供たちだ。二人とも素晴らしい娘だよ。あの二人の娘は私の誇りだ。アンによく似て優しいからね」

最後は何時も、父独特の煙に巻かれてお終いとなるのだった。

「舞子と私はこれからも永遠に一緒だ。だからイネも、あの人に会いに行ってきなさい」

そう説得する父が、何と勝手なんだろうという気もしてくる。他人が幸せに暮らしている人生に、突然入り込んで行ける訳はないのだ。しかもこの歳になってから。

昭和二十年から戦後のベビーブームが始まり、今度はベトナム戦争の頃にその子供たちのベビーブームとなった。今はそのまた子供たちと、ベビーブームも三世代目である。イネもその第一ベビーブームの終わった頃の、朝鮮戦争の最中に生まれた。

女の子ならイネ、と決めた日の両親のドライブの話は、イネが最も好きな話である。

香港から東京に戻ってきた時に、一日休暇がもらえたと言って、父は母を誘って田圃が続く郊外をドライブしたそうである。

東京から北の郊外へ向けて車を走らせた。隠れるようにして出かけたけれど、夏の初めのきらめくような空の下で、生まれてくる子供への希望に満ち、二人だけで走る世界は幸せに輝いていた。もちろん、何一つ明るい見通しのない厳しい自分たちの現実、暗く落ち込んでゆくような不安定な気分、戦争が始まることへの不安、実際には何一つ、解決策が無いまま将来に向かっている怖れを、全て忘れることができた訳ではない。

それでも自然に吹く風は気持ちよく、夏に向かう太陽は輝きを増して、二人を祝福しているように感じたという。その陽射しを受けて、田圃の緑が素晴らしくきれいだったそうだ。風にそよぎながら波のうねりのように、緑の稲がさらさらと動いてゆく。色を変えながら流れてゆくように移動する稲の緑は美しく、辺り一面見渡す限り、緑の妖精たちが踊っているようにきらめき、輝いて見えた。それはそれは美しかった。逞しく育っている様にも感激して眺めたそうである。

二人はその時、子供の名前を女の子ならイネと付けようと決めたのであった。

「男の子だったらどうしたの？」

父は笑顔だったが、とても真剣に即答した。

「イネオだよ」

イネの目は青く、髪はカールし、肌の色が異常に白かったから、二世の混血の中でも見た目が白人に近かった。それなのに、名前はイネという誠にもって日本的な名前だったから、そのギャップで尚更苛められた。

♪イネイネイーネお米の子、そうだそのはず米国人の子、イネイネイーネ♪

周りの子供たちは替え歌まで作って、イネを取り囲んで歌い、はやし立てた。そんなことはまだ序の口であった。イネが子供の頃から学んだ生き方は、人と目を合わさないことと、何かの時にはひたすら笑っていること。そうやって切り抜けてきたのだった。

かなり小さい時分から、人と違っていれば、苛められるということを理解していたように思う。たぶんそれは本能に近いものであったのだろう。

小さい時から、何時も母が守ってくれた。あの山間の町では小町が一緒に居たし、叔父や叔母も、従兄妹たちもイネにはよくしてくれた。

そして本田の下で図面を引くようになってからは、彼が何時もそんなイネを庇ってくれていたような気がする。

だからイネも、幸せな家庭を壊さないようにと、それが礼儀だと思っていた。ただ一度だけ日本を離れる前に、ひと夜を共に過ごしてしまったけれど。

気がつけば、東京駅到着のアナウンスが流れていた。すっかり日も暮れた中、新幹線がホームへと滑り込んでいく。

一直線に叔母の家へ向かった。遅い時間になっていたが、家の明かりがイネを出迎えてくれた。お風呂から上がると、すぐ寝られるように洋子が寝所を整えてくれていた。ほんとうに、この家の嫁の気遣いには頭が下がる。客間の襖を開けると青畳の匂いも新鮮だ。真新しい布団に横になりながら、過ぎてしまった日々と、明日からの将来を比べ合わせながら考えている。疲れているはずなのに、まだ考えてしまう。

そんなに大げさに考えることなど何もなくて、ただ昔の職場の上司に、気軽に会う気持ちで行けばよいのだ。今一度会って、想いだけ伝えて、幸せに暮らしていることを確かめれば、きっとこの気持ちにも限がつくはずだ。私には仕事があるのだから。妹ヘレンと一緒に、顧客が大喜びしてくれるような家を、いっぱい建てる仕事があるのだから、寂しいことなどはない。

どうしても会わなければならないと思う。長い間ずうっと気持ちの中で慕い続けたことだけは、伝えなければならないと思っている。

それが正しいことかどうかは判らないが、結果を期待する訳ではないのだ。気持ちだけは伝えに行かなければと決意して、日本へ二十二年ぶりに帰ってきたのだから。


高校を卒業する頃から社会人になって二十一、二歳頃までだっただろうか。イネは自分が生まれてきた意義を見つけようと、ほとんど血眼になって心理学の本を読み漁っていた。詩集に読み耽り、死さえ手に届くところに自分を追い込んでいた時期でもあった。

小学生の頃にはもう既に、頑ななまでに自分の意志を通していた。口を閉ざし笑う、という方法で。そんな自分を母に似たのだろうと納得していたのだが、この頃では、その考えは母に申し訳なかったと思うようになっている。

性格とは不思議なもので、親から受け継ぐものなのか、それとも環境や育ちで育まれるものなのか。一途なまでに頑固で、泣き虫で心弱いところもある、この両面を持つ自分は一体何処から来て、これから何処へ行こうとしているのか。行き着く場所を探し求めていたのだ。

五十を過ぎ、この歳になったのだ。意志を貫くには黙るしかなかった過去の自分とは違う。素直になって自分の気持ちを本田に伝えに行く。ただそれだけを考えて出かけよう。もう行きつ戻りつはできない。

母親が亡くなってから父親に会うまで、二十年間ずうっと独りで生きてきた。だから、その後のオーストラリアでの幸せな二十数年間は、突然降って湧いたおまけのようなものなのだ。父親とともに過ごせたことは、やはりラッキーだったとしか思えない。

ふかふかの布団に包まれているうちに、ぎゅうっと抱きしめてくれた父の腕を思い出した。そう、あれは移住直前、父がイネを迎えに来た時だ。

成田空港へ降り立った父を、叔母夫婦と一緒に到着ロビーで出迎えた。父は急ぎ足で叔母たちの前に立つ。そして、大きな身体を折るようにして、何度もお礼を言った。イネは、二人の後ろから父の姿を見つめていた。漸く頭を上げた父の目が、叔父と叔母が並ぶその隙間からイネの姿を捉えた。その瞬間の、父親の顔が忘れられない。

一瞬目を閉じたように見えたのは、笑おうとしているのに、涙の方が先を越して迸り出たからだろうか。叔父が、後ろに居るイネの手をとって前に引き出すように引っ張った。叔母に背中を押されて父親の前に立ったと思ったら、もう父親の腕の中に深々と抱き取られていた。

「オー、何ということだ。舞子にそっくりだ。何と素晴らしい。オーイネ、私の子供、私のエンジェル、ああ素晴らしい」

そこには激情のままに言葉が溢れ、泣きながら娘を抱きしめる父親の姿があった。

それまでにイネは、四度オーストラリアの父親を訪ねているのだが、こんな風に感情を剥き出しにして、抱きしめられたことはなかった。アンや娘たちに配慮してのことだったのだろう。

そこまで考えたところで、ふうっと意識が沈んでいく。イネは幸せな気持ちのまま眠りについた。

四

明くる日の朝、特別念入りに仏壇の前で手を合わせた。

叔母の家の仏壇には、たくさんの人たちが祀られている。イネが幼児の時に亡くなった祖父母をはじめ、他にも知らない人たちの古い位牌がいっぱいある。

母と兄の位牌も仏壇の中の手前に置いてくれている。きっと洋子が、久しぶりに帰ってきたイネのために、一番前に出してくれたのだろう。

母や兄の写真もきれいに磨かれて、廊下寄りの長押の上からイネを見下ろしている。線香の匂いの中で、みんなにイネは手を合わせて祈った。――これからもどうぞ守ってください――と。

昼過ぎになって叔父の見舞いに出かけた。朝のうちは風が初冬を思わせる肌寒さだったが、出かける頃には少し暖かくなっていた。穏やかな陽射しも戻り、駅からゆっくり歩いてきた。夕方にはきっとまた寒くなるだろう。

病室の前に着き、軽くノックしてみたが返事がないので、そうっとドアを開けて入った。叔父はほんの少しだけ口を開けて寝ていた。起こしては悪いので、出て行こうと背を向けた。

「誰だ」

ドアの前でイネが振り向くと、叔父が横たわったままこちらを見ていた。

「おお、イネかい。こっちへお出で」

眠そうだが、声に力がある。叔父は、電動ベッドを動かして身体を起こした。

「座りなさい。イネと会えるのもこれが最後だろう。話しておきたいことがあるんだよ。まずはお茶をくれるかい」

病室は電話もテレビも冷蔵庫もあってホテルみたいだ。心配のない入院生活が送れるようになっている。叔父のことだ、見舞い客も多いのだろう。来客用のお茶セットが調えてある。先日、この病室で叔母がお茶を入れるのを見ていたから、イネは、叔父の湯のみにお茶を入れて出した。

「うむ、美味いお茶だ。そういえば、イネは幾つになった？」

「あら嫌だ。何時だったか、お父さんも同じ訊き方をしたわ……」

「そうか、ウィリアムさんも同じように、過ぎた日々を数えていたのだなぁ。私も死ぬ前に、イネに話しておきたいことがあるんだよ」

ゆっくり味わうようにお茶を飲んだあと、ベッドサイドの椅子にかけたイネに向かって話し始めた。

まさかイネが、二十二年余りもの間、日本へ帰ってこないなどとは思わなかったからねぇ。日本が恋しくはなかったのかい。

ウィリアムさんが自分が死んだら、すぐに日本へ行けと言ったのだろう。違うかい。

あの人は凄い人だったなぁ。あんな立派な軍人さんは居ないよ。国や人種で人を見なかったからねぇ。普通じゃなかった。イギリス海軍の中将にまでなられたのも当然だが、軍人なのに実に謙虚な人だったなぁ。実に優しいし心の温かい人だった。あんな人は他には居ないだろうと思うよ。

それに羨ましくなるほど真っすぐで、純真な心を持っていた。

お姉さんが、突然肺炎で逝ってしまった時、私は何一つ考えられなかった。昭和二十年の大空襲のあとに、肺炎にかかり三ヶ月ほども寝ていたからね。治りきっていなかったんだろう。あんなに急に逝ってしまうとは考えてもいなかった。

イネも覚えているだろう。お通夜から葬式、初七日、四十九日の法要も、たくさんの人が来てくださって無事に済ますことができた。あれは何もかも路子が上手く手配して、取り仕切ってくれたんだ。イネの学校の転校手続きもそうだよ。あの時は、何から何まで路子に任せっ放しだった。

路子には、仕事が忙しいからすまないと言っていたんだよ。もちろん会社が忙しいのも事実だったが、それだけではなかったんだ……。

私はずっと、そうだなぁ、イネが小学校に通うようになった頃からだが、お姉さんが好きで好きで堪らなかったんだよ。強く憧れていたんだ。

婿に来た時、お姉さんは離縁されて戻ってきて離れに住んでいた。食事も一緒にしたことなどなかったが、時々路子を手伝ったり、台所でお手伝いさんと一緒に働いているのを見かけることもあった。

家の中で出会えば、私の脚の不自由なのを、何時も気遣ってくれたりして、優しい人だと最初は驚いた。

路子が、大和屋の会社の仕事を手伝ってくれるように頼んだことがあるんだよ。その時にはきっぱりと断られた。

「私は離れの住人で、大和屋の表には出られないですから」

そしてこう言ったんだ。

「大和屋は真さんと路子のものだから、今のまま二人三脚で頑張って盛り立ててください。私が加わったら、貴方たちのためにならないわ。指揮者が多過ぎるもの」

たいへんに頭の良い人だったよ。

その後、痛ましい出来事がお姉さんを襲った。博之君のことだよ。それから終戦を迎え、日々の暮らしは目まぐるしく変わっていった。

怪我をしてウィリアムさんに助けられて戻ってからは、寡黙になって益々部屋にこもり、私たちの前にも顔を出さなくなってしまった。

真一郎も生まれて、路子と幸せな日々だったが、その頃から路子と私の中に、少しずつ申し訳ないという感情が生まれてきたんだ。自分たちはこんなに幸せなのに、お姉さんは失ってばかりだと。私たち夫婦が悪い訳ではないが、うしろめたいような気持ちにもなってね。

そうした日々の中で、オーストラリアに休暇で帰っているウィリアムさんから、毎日のように届く絵葉書の便りが、お姉さんを元気づけたようだった。博之君の三回忌が終わった頃から、少しずつ元々のお姉さんの明るい性格が戻ってきて、路子もホッとしたようだった。

私はその絵葉書のことは、かなりあとになって聞いたのだが、台所のお手伝いさんに至るまで、毎日郵便屋さんが来るのを心待ちにするようになっていたそうだよ。

私などは典型的な日本男児で、ウィリアムさんから毎日のように届く、きれいな絵葉書の話を聞いて、外国の男は大したものだと驚いたね。いくら休暇で帰国していると言っても、毎日絵葉書のカードをエアメールで送るなんてことは、普通にはできないよ。

内心は、彼の真っすぐな強い愛情の表現の仕方に、嫉妬したのかもしれないけれどね。最初はウィリアムさんが、お姉さんをひと目惚れで好きになって、本物の大和撫子だと強く憧れたと聞いたよ。その後には心から愛するようになったんだ。その気持ちが通じて、二人は幸せな数年間を過ごすことができたのだが、何といっても、一番嬉しかったのはウィリアムさんが時間があると訪ねてくれたことだ。休暇の日は二人で遠くまで出かけて行った。山や海など田舎ばかりのようだったけれど、幸せそうだったなぁ。

しかしながら、ウィリアムさんと上手くいっていたのは、僅かの間だった。イネが生まれる頃と生まれたあとも、二人にとっては苦難の時期だったが、イネを抱いて三人で居る時の幸せそうな顔は、今でも忘れられないね。ほんとうに幸せそうだった。

朝鮮戦争が終わった時に、またしても不幸がお姉さんを襲った。ウィリアムさんが永遠に去ったことだが、それも実際にはお姉さんが決断したようだ。

イネと二人で生きて行こうと決めて、路子と私は、絶対にイネが大きくなっても、父親のことは話してはならないと、固く誓わされたよ。もちろんその日が来れば、ご自分から話すつもりだったと思うよ。

そして、私が畏敬の気持ちで見ていること、路子よりお姉さんを好いているらしいと気づくと、すぐにイネを連れて、アパートへ引っ越してしまった。浅草橋の所のアパートへ、さっさと出て行ってしまったんだ。

あっという間のことだった。決断すると行動の早い人だったから。私の所為で酷いことになってしまったと、ずいぶんと後悔したものだ。

私は自分を罵ったり、大和屋を出ることも考えたが、弱虫で卑怯な私にはできなかった。

もちろん路子が嫌いな訳ではなかった。下の三人の娘も生まれていたし、幸せを絵に描いたような家庭だったよ。だが、自分の中ではお姉さんへの憧れの方が強くて、青年のように苦しんでいたのだ。

お姉さんが、イネを連れて引っ越して居なくなったある日、路子が唐突に言ったんだ。

「舞子姉さんは何時だって、人の心をがっちりと引き付ける魅力があるのよね。きれいだし優しいから、皆に好かれるし尊敬される。私にはどうしてお姉さんのような魅力がないのかしら」

強い口調だったよ。私は喧嘩を仕かけてきたんだと思った。私には答える言葉はなかった。ただ惚けたよ。

実際には私の胸の中だけに積もる想いだった。お姉さんの手にだって触ったことなどないのだからね。だが、ただ単純に憧れていたとも言い切れなくなっていった。お姉さんを追いかける夢を見たんだ。私は自分が怖くなった。

路子は、私の夢のことや心の中までは知る由もない。知らないのだからと、惚け続けているうちに、ほんとうの私の心はどうだったのかなと、自分でもよく解らなくなったんだよ。

それでも路子には、感ずることがあったのかもしれない。私を心からは許してはくれなかった。たぶん今でもね。

いや、もしかしたら、路子はとうの昔に私を許してくれているのかもしれない。ほんとうのところは解らないのだよ。

だけど私のことは関係なく、一つだけ間違いなく言えることは、お姉さんが愛した人は、ウィリアムさんただ一人だよ。

だからお姉さんが突然亡くなってしまって、私は目に見えないものから罰を受けたと思った。表現できない悲しみに暫く悩まされた。しかし反面、ホッとしたような気持ちにもなったよ。もう自分にも路子にも嘘をつかなくてよいと、安堵したんだ。

路子にはずいぶん前から、自分にもしものことが起きたらイネに渡してくれと、例の箱を預けていたようだったが、私は全然そんな物があることさえ知らなかった。私たち夫婦の間では、お姉さんの話はあまりできなかったからね。

すぐそこに死が迫ってきた今になって、ウィリアムさんとお姉さんは、幸せな出会いだったのかもしれないと思うようになった。

それに、お姉さんの忘れ形見のイネを見ていると、時には、そこにお姉さんが居るような錯覚があった。

イネはウィリアムさんに似て外国人のように背は高いし、お姉さんは小さな人だったから似たところなんて、何処にも無いはずなのにな。

それでも雰囲気というのはあるのだろう。ウィリアムさんがイネを迎えに来た時、成田の空港でイネを見た瞬間、「舞子にそっくりだ」と叫んだのを覚えているかい。

やはりイネは、お姉さんがウィリアムさんに遺していった宝だったんだなぁ。人生を終える前に、イネには聞いてほしかったんだ。私には、もうこれで思い残すことは何もないよ。人生、なかなか上手くいかないものだよなぁ。


「不思議ね……、それもお父さんが同じ言い方をしたわ」

イネはポツリと呟いていた。

そういえばこんな事もあった。高校を卒業して勤め始めた時から、高校の費用を返したいと、イネが言い出した時のことを覚えているかい。充分お世話になった上に、高校まで出してもらってお礼の言いようもないが、実費だけは何とか毎月返していきたい、みたいなこと言ったんだろう。

「やっぱりあの子は舞子姉さんの子だわ。言い草まで姉さんに似てる」

路子はカンカンに怒ってね、私に八つ当たりしてきたよ。

家族みんなで、レストランで食事しようという時、ほとんどイネは断っただろう。あれにもカッカきていたんだよ。

成人のお祝いに開いた銀座での食事は覚えてるかい。そういえば、イネが博之君のことを訊いて、私が長話をした夜だったなぁ。うむ、そうだった。あの日の朝も、えらい剣幕だったんだよ。

「もし今夜のディナーをイネが断ったら、私はもう許さないから」

イネが一緒に来ると聞いた時、神様に感謝したぐらいだからね。路子にまた叱られるかと冷や冷やしてたんだ。ほんとうは私が路子に叱られる理由なんか何処にも無いんだが、夫婦とは面白いものだな。

もちろん子供たちは何も知らないよ。路子は私にだけ感情を剝き出しにしていたんだ。今では路子の気持ちもよく解るからねぇ。逆立ちしたって、お姉さんには敵わないと悔しくて仕方がないが、イネには優しい気持ちで接したいと思っていたんだろう。イネには、何の罪もなければ責任もないことだからと、自分に言い聞かせていたのだろうよ。もちろんイネのことが殊のほか心配だったし、可愛かったのもほんとうだからね。

私が死んでも、葬式には出なくていいから、その代わり、路子が病気になってイネに会いたいと言えば、遠いけど来てやってくれないか。頼むよ。私自身は、路子にしっかりお礼を言って、旅立ちたいと思っているよ。

話し終えると叔父は大きく息をし、少し疲れたと言って目を閉じた。叔父は病気が重くなっていることを感じているのだろう。再び会えることはないと覚悟して、深い胸の内まで話してくれたのだ。

思わぬことに、叔父の心の中の秘密に触れてしまった。叔父の告白の、想像さえもしたことがない内容に、大きなショックを受けた。浅草橋のアパートもそんな理由があったのだ。驚愕する中にも、少し戸惑うような、迷惑なような妙な気がしてくる。

初めて知ったことも多かったが、母という人の強さを改めて見せ付けられたような気もした。

父が話してくれた母と、また違った人の口から語られる母は、しっかりと同一の母だった。毅然とした態度で、ずうっと変わらない女性だったのだ。何より、父と別れたあとも父だけを愛したことを知って、父のために、ホッと安堵したのだった。

また一方で、優しい叔母に時々感じた違和感みたいなものは、こういうことだったのか、とも思う。母とは逆に、今までとは違う叔母の姿を知ってしまった気がする。子供の頃から、叔母さんは何でもあって幸せなのにと、自分たち母娘の苦労や悲しみを嘆いたりすることもあった。それでも大人になるにつれ、叔母が居たから母も自分も助けられたのだと解るようになった。叔母は次女でありながら大和屋を継いだから、言葉にならない苦労も多かっただろう。

何より、イネにはいつも優しかったのだ。感謝の気持ちしかなかったが、叔母が今まで抱えてきた思いを考えると、胸が詰まる。どれだけの気持ちを、言葉を、押し殺してきたのだろうか。母とはまた違う、叔母の深い愛情が自分を包んでいたのだ。――叔母さん――、イネの心に叔母への感謝が湧き上がって体が熱くなるようだった。

叔父と叔母の人生も終わりに近づいてきている。せめて、生きている間にお互いを許し合ってほしいと、願わずにはいられない。

そして、父や叔父が言う、人生なかなか上手くいかないという言葉が、自分自身にも突き刺さるようだった。皆が私を守ってくれていた。そしてこれからの人生さえも守ろうとしてくれている。身の引き締まる思いがする。

イネはさまざまな思いを振り切るように、叔父に話しかけた。

「叔父さん、私ね、逢いたい人が居るからこれから行ってみようかと思って。お父さんが亡くなる前に、会いに行けと何回も言ってくれたの。『移住の日に空港に来ていた人だろう』と言ってね。『あの人もイネを愛しているよ。あの眼は嘘を言ってない。私が死んだら遺言だと思って会いに行きなさい』って。

お父さんは、空港で既に気づいていたから、何時、私にアドバイスしようかと……」

ここまで一気に言ってイネは、驚いたように目を開けた叔父の顔を眺めた。

「どうしてだか解ります？」

叔父は黙って首を横に振った。

「その人の眼が、昔、お父さんがお母さんを追いかけていた頃の眼と、同じだったんですって」

叔父の目は驚いたように見開かれていたが、少し間をおいて再びゆっくりと閉じられた目の端には光るものがあった。

「イネはやっぱりお母さんの子供のようだ。行っておいで、すぐに。そして明日、話を聞かせておくれ」

再会 ―遥か彼方から―

一

叔父と過ごした時間が思ったより長くなった。イネは御茶ノ水駅に急ぎ、快速に乗り込む。少し遅くなってしまったけれど、まだ五時を少し過ぎたところだ。間に合うはず。出張などで会社に居ないことも考えられるけれど、どうか居てほしいと祈りながら新宿駅に着いた。

今では誰もが携帯電話を持っているために、公衆電話を探すのに少し手間取った。コール音が響く、一回、二回。受付の女性の声が聞こえた。

「今泉と申します。本田四郎様はご在籍でしょうか」

「本田でございますね。少しお待ちくださいませ」

心臓の音がどんどん大きくなる。保留音が途切れ、はっとなるが、出たのは女性の声だった。おそらく秘書だろう。もう一度名前を確認され、電話を取り次いでくれる。「本田専務にお繋ぎします。どうぞ」

回線は繋がっているようだが、本田の声はしない。

「……もしもし、本田さんですか」

「あっ」

本田の驚きの声だけがイネの耳に懐かしく響いた。「今泉」とこの声だけでイネと判ったのだろうか。先ほどまでの緊張とはまた別の胸の高まりを感じた。

二十二年も過ぎたのだ。突然の電話に彼の声が出なかったのも頷ける。かけたこちらは充分に準備してきたのだから、何回も練習した通りに上手く言えた。「貴方に会いたくて参りました。都民広場にて六時にお待ち申しております」


イネが日本を離れたあと、新宿に新庁舎が建てられ移転した都庁の下、シンボルになっている都民広場は、大勢の人で溢れんばかりだ。

こんなにたくさんの人が居て大丈夫か、お互い見つけられないのではないか、と不安な気分にもなったが、時間までゆっくり歩きながら心を静めて本田を待った。

約束の時間まで、世界の時が止まってしまったのではないかと思うほど、長く感じる。何度も秒針の動いているのを確かめなければ、心配で落ち着かなくて困った。

あと十分、あと五分、あと一分、三十秒、五、四、三、二、一……時計の針がちょうど、六時を指した。

今度は、一分また一分と約束の時間から、速度を増して時間が過ぎてゆく。あっという間に三十分が経過してしまった。

イネは諦めた。もしかしたら顔は笑っていたかもしれない。

「本田さんらしいわ……」

できないことは、できないのだ。言い訳をするために姿を現すことなどないのだろう。やっぱり無理だったのだと思う。

これですっかり限がついたのだ。三十年近くもの間、ただ想い慕うことで幸せな時間をもらったと思えば、何にもまして感謝すべきで、恨みがましい気持ちは湧いてこなかった。

きっと幸せに暮らしているのだろう。自分がしようとしたことは、あまりに自分勝手な振る舞いだったのだ。突然、降って湧いたような混乱を、持ち込むことなどできないのだ。本田が来ないことで改めて思い知った。

今となってみれば、そんなことは最初から解っていたような気がする。ただ顔だけでも見たい、長い間の自分の想いだけは伝えなければなどと、夢のようなことを考えてもいたのだ。

幸せに暮らしているならば、お茶だけ飲んで暇を告げればよいのだと、自己弁護してきたのだが、そんなことは無理な話だったのだ。

イネは足早に駅に向かって歩き出した。

二、三日中にオーストラリアに帰ることにしよう。私の居場所は、やはりあのアデレードの街にあるのだ。ヘレンの嬉しそうな顔が、空港で迎えてくれるだろう。まだまだ十年、いや十五年ほどは間違いなく仕事ができるだろう。

背筋を思いっきり伸ばして、真っすぐに歩いている自分が可笑しくもあった。

若々しい気分にさえなっている。長年少しずつ気持ちの中に創り上げてきた、オーストラリアでの日本建築を取り入れた住まいも、あの乾いた大地に実現させてみたい。

もちろん本格的な日本建築とまではいかないだろう。でも、街の公園にあるような日本庭園の東屋ではない、人が住むことのできる本物の家、木と紙と竹と、そして土でどっしりと重みのある家屋を建ててみたい。

真一郎に頼んで、大工を紹介してもらったらすぐに会いに行こう。そうだ、いろいろ教えてもらいたい事柄などは、今夜のうちにまとめておこう。次々にしなければならないことが頭に浮かんできた。

ヘレンの家は、アデレード市街地からは離れた場所にあり、昔からの大農園に建つ。六世代に渡って、ボブの家族が受け継いできた広大な土地は、八千エーカーで三千二百ヘクタールもある。

建坪千五百坪もある平屋の広大な屋敷で、六十年前に、ボブの父親が祖父の協力で創った会社の、初期の頃の事務所に使っていた部屋もある。いくら広いとはいえ、何時までも居候はできないから、まず自分の家を一番先に建ててみよう。

平屋で、広いベランダのある明るい家にしよう。北向きの暑い陽射しを避けるための庇は深く取ろう。縁側は北と東側に付けることにしよう。

きっとヘレンもボブも、何処でもイネの好きな場所を選んで家を建ててよいと言うだろう。南からの冷たい風の来ない、あの丘の北側の日当たりの良い森の所を分けてもらおう。冬は一日中、北からの太陽が樹々の間から暖かく差し込んで、夏は、あの涼しいユーカリの森の影になっている。問題は水だが、雨水を全て取り入れて地下のタンクに入れるか、それともタンクは全て、地上に持ってきてもいいかもしれない。南側の窪地を広げて水を引き、灌漑用にできるだけ大きな池も造ろう。

アデレードに到着した日からは、トラもクマもヘレンの家の犬五匹と馬六頭と一緒に、広い牧場を駆け回って楽しげに暮らしている。

ヘレンの子供たちは皆、国内で開かれる馬術競技の試合に出ているから、学校へ行く前に毎朝、夜が明ける前から練習に出かける。十キロほどトレーニングするらしい。すっかり日が昇ったあと、丁度東側のイネの部屋から、乗馬姿の姪たちが戻ってくるのが見える。

夜が明けたばかりの草原を走る馬と人、そして後ろから周りを囲むようにして必死に走る犬たち、トラもクマもその中に居る。これ以上真剣な顔はないだろうと思う表情で猛疾走してくる。姪たちと一緒にトレーナーの人々が馬を洗い、ブラッシングしている間、犬たちは全員が芝生の上で、ゼイゼイ言いながら転がっている。誠に美しいオーストラリアの田舎の朝の光景だ。ヘレンの家で過ごした三ヶ月ほどの間、イネは毎朝この犬たちを眺めながら、今日も無事でありますようにと、出てきたばかりの輝く太陽にごく自然に祈っていた。日本へ旅立つ朝も、同じように祈って出てきたのである。

トラとクマも、体中で喜びを表して一緒に走っている。あの犬たちと一緒に暮らせるように、スペースをとって建てなければと思う。

何といってもあの二匹の犬は、キャンベラで父とともに暮らした日々から、今度はキャンベラからアデレードまで、一緒に三日間の旅をしてきた私の家族なのだから。

トラとクマは、片目のマイがイネに遺していってくれた最高の宝、最愛の家族である。

二

先のことばかりを考えていたら、新宿駅に着いていた。夕方の混雑した駅では切符を買うのさえひと苦労で、イネもあっという間に人波にのまれてしまう。意図せず流れに巻き込まれたイネの視界が塞がれた。突然目の前に人が立ったのだ。

——本田さん——

呼吸が止まった。ひしめく人々に押され始めていたイネを、守るような格好で立っている。黙って手を出して、人の流れから救い出してくれたのだ。

一瞬の出来事だったが、すべての動きがスローモーションのように鈍く、でもはっきりと視界に映っていた。そして今、紛れもなく求めていたその人が、自分を見つめて立っているのである。

今まで考えていたアデレードのことが、吹き飛んで何処かへ行ってしまった。

——夢なの——声になって出る言葉はなかったが、驚き、現実と信じられなかったのは、ほんの一コマくらいだろうか。すぐに身体の中から湧き出るくらい安堵の気持ちが溢れ、涙が滴り落ちた。

先ほどまで胸にあった、冷静な将来もかき消えていた。真っすぐイネを見つめている本田の眼は、空港で別れた時のままの真剣そのものだった。

心臓だけは激しく打ち続け、鼓動の音が外に漏れるのを怖れるように、イネは深々とお辞儀をした。もしかしたら、顔を上げたらすべてが消えてしまっているかも、そんな恐怖と闘いながらゆっくりと顔を上げると、本田は初めてにっこりと笑った。

「変わらないなぁ、今泉イネは……」

「……いいえ、変わりました。ずいぶん年寄りました」

イネは小さな声で答えて、また下を向いてしまった。やはり現実だった。高揚する気持ちと、凝視する本田の眼があまりに強烈過ぎて、怖れと不安と安堵と歓喜が、イネの心の中をぐるぐる回っているようだ。

本田は自分のハンカチを差し出して、横に並ぶと、ちょっとだけ肩に触れ、イネを促す。

「さあ、食事に行こう」

今来たばかりの道を、都庁の方角へ歩き出した。本田が横から覗き込むようにイネの方を向く。

「ヒルトンでいいかい。若い人が結構多いけれど、食事はまあまあだろうから。それともまだ時間がたっぷりあるから、銀座にでも行くかい」

「……私には判りませんので、決めてください」

あとは黙って歩いた。まだ動悸が収まらない。

結局、ヒルトンのレストランに落ち着いた。夕食時なのにまだそれほどは混んでいなかった。顔が利くのだろう。すぐに総支配人のような人が、飛んで来るような勢いで出てきたかと思うと、本田に向かって深々と頭を下げ、丁寧に挨拶をしている。こちらを振り向くと、入り口からすぐの所に立って待っていたイネの所にやって来た。

「コートを預らせていただきます」

イネにまで丁寧に頭を下げてくれるから、慌てて本田を見ると、頷きながら彼の目は笑っている。総支配人は、イネのコートを受け取ると導くようにして、自ら二人を静かな席に案内した。

山ほど訊きたいことはあったのだが、顔を見ているうちにどうでもよくなってしまった。今この時間があればよいのだと思った。

「一緒に食事するのは、お父さんが見つかった日の夜以来だねぇ。確か雨が降ってて」

「いいえ、私のアパートでお寿司を戴きましたから、あの夜以来です」

「…………」

「秘書の方が専務とお呼びになっていました。少し遠い感じが致しました」

「並んで仕事していた頃の、室長のイメージがあるからだろうね。懐かしいよ」

「ほんとうに……懐かしいです」

「僕はもう、来年の三月には定年になるんだよ」

「でも偉くおなりなんですのね……当然ですけれど」

「大して偉くはないね。相変わらず忙しいだけさ」


「イネが居なくなって、すぐに本社に戻りたかったけれど、許可が下りるまで少し時間がかかったんだ。暫く考えることなどもあったから丁度良かったのかもしれないけれど、二ヶ月半後に戻った。元々、僕は出向時の約束で、五年で戻ることになっていたんだよ。それが、いろいろな事情があってね。お陰で足掛け十一年も居ることになってしまった。

百パーセント下請け会社を設立するために、大森さんが三十歳という若さで独立したのは知っているだろう。我が社を辞めて大森建築設計事務所を設立した。五年後にイネが入社して、その数年後、僕が室長として派遣されたんだ。

本社に戻って、そうだなぁ、もう十数年も前になるかな。取締役に就任したんだ。定年後は非常勤だけれど、大学で教鞭を執ることが決まっていてね。近頃はどちらかというと、のんびりしたものさ。

ほら、イネのことが大好きなあの大森社長がね、引退したいが跡継ぎの息子がまだまだなので、それまで暫くでいいから僕に社長になってほしいと言ってきたのさ。性に合わないからと断ったけれど。社長になるには性格が歪んでいるからね、僕は」

イネは茫然となり、ほとんど話を聞いていなかった。本田の口からイネと呼び捨てになっている自分の名前が、逆に自分自身に突き刺さってくるようで、息苦しいほどになっていた。私をイネと呼んだのは、父と母と叔父だけだったから。

「本田さん」

声を出した時、前菜のスープをウェイターがうやうやしく運んできたので、イネは下を向いて黙った。

ウェイターが丁寧にお辞儀をして去って行くと、会話を拒否するように掌をイネに向けて、さあ食べようという仕草をして笑いながらイネを見ている。温かく優しい笑顔だ。

美味しいスープだった。空腹であったこともあるが、最初の一口で洗練された日本のスープの味だと感じた。

「うん、今日もなかなか良い味だ」

そう頷くと、嬉しそうに時々イネを見ながらスプーンを動かしている。

スープの皿を、ウェイターが慣れた上品な手つきで下げて行くと、本田はニコニコしながら言った。

「都庁の広場をぐるぐる回りながら、何を考えていたんだい。約束の時間までたっぷり時間があるというのに、腕時計ばかり見つめていたから、思わず出て行こうかと何度も思ったくらいだ。そして約束の六時になって、そう、それから丁度三十分経って、あっという間に結論を出してしまったなぁ。全くイネらしいと思ったよ。さっさと駅に向かって歩き出してしまうから、僕はギョッとなって慌ててあとを追ったんだよ。それじゃあんまり僕が可哀想じゃないかい。長い長い年月、僕は待ち続けたんだからね。二十二年以上もね」

イネの心は叫んでいた。

――ちょっと待ってください本田さん、そんな馬鹿なことってないでしょう。二十二年前、諦めたのは私なんですから。本田さんには幸せな家庭があってお子さんがいらして、そんな――

本田は、イネの言いたいことが全部解っているかのように、イネの眼を凝視したまま頷きながら言った。

「そうかもしれないねぇ。人生なんてほんとうに皆、そんな行き違いで終わるのかもしれない。僕は自分を偽り、見栄を張り、一番大切に想っていた人、イネにまで自分を曝け出す勇気もなくて、真実を言えずに苦悩していた。その後はずっと後悔の日々だったんだよ」

この人は、一体何を言っているのだろう。イネは訳も解らず、目も口もあんぐりと開いたまま固まってしまった。喉の奥で言葉が詰まってしまったように出てこない。

そして本田は、まるで何かのスイッチが入ったかのように、勢いよく話し始めたのだった。


あの頃の僕は働き過ぎだった。家にも帰らず休日まで働いたこともある。時には仕事を家に持ち帰ってまで。美弥も僕も実家は大宮だから、ああ美弥は女房の名前だ。いや、だった人だが。

美弥が「子供たちを連れて大宮に行ってきます」と言うのもあまり気にしないで「ああ行っといで」と気楽なものだった。むしろ、うるさい子供たちの泣き声がないので、仕事も捗っていいくらいに気楽に考えてたんだよ。

美弥は寂しかったのだろうなぁ。彼女の実家は商売をしていたから、手伝うと言っては頻繁に出かけて行った。週末になっても美弥は、ほとんど実家で過ごすようになっていた。食事をするのに困ったけれど、店屋物を取って済ませていた。「いい加減に帰ってきたらどうだ」と時々は電話を入れたんだが、「ごめんなさい。どうしても忙しくて、私が手伝わないと」と言われると、「解った」と言うしかなかったんだ。

「自分の家を忘れないうちに、早く帰っておいで」と電話してみたりもしたんだけどね。僕は冗談のつもりで言うくらいだったんだよ。そんなふうになっても、美弥の寂しさに気がつかなかったのだ。馬鹿みたいに仕事してた。

そんなある日、突然、親父が怒鳴り込んで来たんだよ。「お前たち夫婦はどうなってるんだ」と言って。僕は呆気にとられて「美弥がどうかしたのか。彼女に何かあったのか」と親父に反対に訊いていたよ。

近所じゃ僕たち夫婦が別れたという噂が立って、親父がびっくりして飛んで来たんだ。僕には何が何だか解らなかった。

美弥の両親も、娘が東京の家には戻りたくないと言い出して、初めて気がついたというんだ。男が居るという話だった。彼女の家の得意先の息子が、優しくしてくれるので心が動いたんだそうだ。二人は幼馴染みでもあったらしくて、すぐに距離が縮まり、仲を深めていったらしい。最後まで知らないのは僕だけだった訳だ。兄たちにまで馬鹿呼ばわりされたものさ。

彼女の両親は、美弥が、僕が出張で居ないと嘘をついていたのをそのまま信じていたから、気づくのが遅れたと言って悔やんだ。

だけど美弥だけが悪いとは、その時も思えなかった。もちろん、その責任が僕自身にあるなどとは考えてもみなかった。相手の男が悪いに決まっていると思ってたからね。

酷い話じゃないか。僕が知った時には美弥は、もうその人の子供を身ごもっていたんだから。全くドジな男がここに居ると思うと、恥ずかしさと嫉妬で胸が焼けるようだった。一時は殺してやろうかと思ったぐらい腹が立った。

たった一度その男に会ったが、まさかと信じられなかったね。美弥の好きになった男は、まだ若く二十歳過ぎぐらいにしか見えなかったけれど、その時も亭主の僕の前で肩を抱き、手を握り、泣いている彼女を庇っていたが、顔はニタニタ笑っていたんだ。

頭にカーッと血が上って、拳がぶるぶると震えて殴りかかりそうになった。その時、美弥が大声で「やめてぇー」と叫んで僕は正気に戻ったが、抑え切れない嫉妬と怒りで、側にあった椅子を蹴り倒して飛び出してしまった。

お終いだとはっきり解ったんだ。こんな悲しいことが、自分の身の上に起こるなどとは考えたこともなかったからね。もう懲りごりだと思ったよ。


もちろん、僕は美弥に何故だと訊いたよ。寂しくて全てが不安で、僕の心が離れてしまったのではないかという疑いで、気持ちが遠退いていったんだと言うんだ。夜も仕事ばかりの僕に、腹が立って仕方がなかったんだと、噛み付くような勢いで訴えられた時には、もう自分を抑えることができなくて、その時もカーッとなって怒鳴ってしまった。

「仕事を頑張って何処が悪い。お前たち家族のために働いているんだ」

思わず手をあげてしまったんだ。生まれて初めての経験だった。

女に手をあげて恥ずかしかった。すぐに謝ったが、美弥は許すどころか、泣きじゃくって手がつけられないほど興奮していた。

尚も泣きながら言ったよ。「夜は私と一緒に居てほしかった」と、「だから私たちは駄目になった」と。

話だけだと、美弥だけが悪いみたいに聞こえるかもしれないけれど、冷静になって考えると五十歩百歩なんだ。

自分は一生懸命、家族のために働いているからという大義名分をかざして、結局僕は、美弥のことも、子供のことも頭になかったんだと思う。単純に仕事が面白かったのだと、あとで解ったよ。

学生時代から、一つのことに興味を持つと、他のことが見えなくなるようなところがあって、親にも注意されたことがあったんだが、今度は家族を置き去りにして、結果的に仕事を選んだ形になってしまった。

実際には、美弥が亭主の僕より他にもっと好きな男ができて、家を出て行ったという、馬鹿馬鹿しいほど単純な話だったんだよ。

僕が仕事ばかりするからというのはこじつけで、僕に謝るよりも攻撃することで、自分自身を誤魔化すしかなかったんだろう。ただ、あの時はとにかく腹が立ってどうしようもなかったよ。

美弥の寂しさを理解できなかった僕が悪いのだと思おうとしたが、当時の僕は、子供が二人も居てああいう寂しさを訴えられるとは、考えてもみなかったんだ。美弥にとったら酷い話さ。

もちろん、今泉イネが僕の心に住むようになったのは、美弥の身も心も僕から離れてしまったあとだからね。イネがアパートに移ったとメモをくれた時には、もう美弥とは離婚していたんだ。

あのゴールデンウィークの前の夜、喫茶店で初めて自分自身の話を機関銃みたいに話すイネが、眩し過ぎて何も言えずに見つめてた。

喫茶店を出て駅に向かって歩きながら、どれだけイネには打ち明けたいと思ったかしれない。大宮に帰るなどは大嘘で、汚くて暗いアパートへ帰って寝るだけだったから、一緒にイネの所へ行けたらどんなに素晴らしいだろうと、胸が震える思いだった。以前家族で住んでいたマンションは引き払って、寝るだけの狭い所へ引っ越していたんだよ。

だけど見栄っ張りで卑怯な僕は真実を言えず、イネが改札を入って行ったあとも、茫然と長い間立ち尽くしてた。

それからも、誰にも言わずに隠していたのさ。苦しかったよ。誰にも言わずに幸せを演じていたからね。

あの年の連休ほど長く感じたことはなかった。イネがくれたメモを握りしめて電話の前に立っている自分を、何度哀れんだかしれないよ。

食事の支度などもあって不便で仕方がなかったから、大宮の両親の所から通うことも考えたが、既に兄貴が家業を継いでいたからね。末弟が離婚して帰ってくるのは喜ばないだろうと思ってね。

それと何より、大宮だと隣の町内だから美弥に出会うかもしれないという怖さもあったんだ。あの頃の一時期、僕は女が怖くて仕方なかった。

それでも美弥に会わない訳にはいかなくなった。離婚から六ヶ月後、美弥に男の子が生まれたんだが、その子が法律上僕の子供になると知って、それだけは何としても受け入れられることではなかった。離婚後三百日以内に生まれた子供は、前夫の子供として登録されるなんて、初めて知ったんだ。その子供のためにもならないし、傷を更に深くする。

その手続きの厄介なことといったらなかったよ。僕の人生の中で最も嫌な経験になった。まるで僕が罪を犯した者のように扱われた。

両親と兄たちがよく協力してくれ、親戚の弁護士が迅速に動いてくれて、なんとかその子供の親にならなくてすんだけれど。

僕の二人の娘たちは、もう結婚しているよ。今年の夏に、娘二人に会ったんだ。上の娘が連絡して来たからね。

今年三十歳になったんだけどね、実は二十五年ぶりに会ったことになる。思わず「大きくなったなぁ」と言ってしまったよ。二人は泣きながら笑ってた。

上の娘は、結婚して子供が去年生まれていた。下の娘も、今年の春に結婚したと言って幸せそうだった。

下の娘が高校を卒業すると同時に、二人で一緒に家を出ていたんだ。内容証明郵便が送られてきてね。振り込み先が、美弥から娘の名義に変わるという通知を受けた時、家を出て自立したことを感じた。それから一度も母親の居る家には帰っていないらしい。

その時、無性に会いたいと思ったよ。心からね。どんな娘に成長したのだろうと思ってね。

下の娘が、二十歳になるまで銀行振り込みを続けたが、最後の時に娘二人からお礼状が届いたんだ。大宮のおふくろから、会社の僕宛てに転送されてきたんだよ。

美弥に隠れておふくろが小さい頃から二人を助けていたのだと、その時に知ったよ。おふくろは、僕には一言も娘たちのことを話さなかった。ただの一度もね。僕には過ぎた親だよ。

今年の夏に会った時、娘は子供を連れてこなかった。たぶん遠慮したのだと思う。その時写真を見せてくれたよ。可愛い顔をしていた。僕は何の責任も果たさないまま、孫を持つ身になったことを実感し、不思議な感情で眺めてしまった。冷たいものだね。

イネのお父さんとは大違いだ。国際電話で初めて話した日に「宝だ、エンジェルだ」「会いたい、今すぐ来なさい」と言ったイネのお父さんは、凄いと思ったよ。

机の上にメモ置いてくれただろう。あのメモを見た時の僕のショックが理解できるかい。僕は美弥の顔を見るのが嫌だったし、娘たちには、会うのが辛かったこともあるが、会いに行こうともしなかったのだよ。会いたいという感情も、美弥たちへの嫉妬と憤りであっという間に薄れてしまった。

毎月、約束の養育費だけ銀行振り込みで済ませていた。えらい違いじゃないか。敵わないと思ったよ。

僕は絵に描いたような幸せな家庭人で、青い目のイネが、不幸の代表のように見られていた時にだよ。実際には不幸なのは僕で、イネの方が何十倍も幸せだったのかもしれないねぇ。美弥が居なくなって、女性の怖さも身にしみたけれど、反対に偉大さも解ったような気がした。

離婚した時がちょうど本社に戻るタイミングだったけれど、時期をずらしてもらったんだ。

あまりに辛くてね。暫くは慣れた環境でぼんやりしていたかったから、我が儘を通してしまった。当時、本社の重役の中に大学の先輩と母方の叔父がいたから、事情を解ってもらえてね。その先輩が今は社長をしているんだ。

そんな時に目の前に全く違った女性、今泉イネが居たのだ。仕事をしている時の真面目な姿、僕を見上げるように見る澄んだ青い瞳に、最初は戸惑ったくらいだ。

仕事を一緒にしているチームの中では、一番よく働く頭を持っていた。丁寧できれいなトレースをしていたし、任せる設計に不安がなかったよ。呑み込みが速く、何しろ頭が良いのに驚いたこともしばしばだった。

意識する前まで僕は、イネが戦後にアメリカ兵と関係のあった女性の子供だろうな、ぐらいにしか考えたことがなかった。

ごめんよ、こんな言い方で。可哀想に暗い性格の娘だなと思ったし、今時の若い娘に似合わず地味で大人し過ぎる感じが、きれいに澄んだ青い目とチグハグだったから気になったこともあったことはあったんだが。

イネのことを見直すようになって、そう、その頃かな、イネが僕を好いてくれていることも感じてきた。

嬉しかったよ。この娘を守ってやらねばと、保護者みたいな気持ちにもなってきたからね。毎朝イネが、オフィスに入ってくるのを眺めてたんだ。そうっとドアを押して設計室に入ってくると、ああ今日も無事にやってきたと、安堵するようになったんだ。

三十半ばの男が、少年のようにシャイになってしまった。今まで平気だった言葉が出なくなって自分でも驚いたけれど、イネが気づいたかどうかは知らないよ。

それから半年ほどあとに、大和屋の社長の姪だと知ったんだ。あの頃に肩肘張らずに、素直に離婚したことをイネに話していたなら、お父さんが見つかったあとでも、僕達の愛は揺るぎないものに育っていたはずだ。

もしも、もしもだよ。イネのお父さんが僕みたいに卑怯な人間で、あの日に国際電話で「会いたいからすぐに来なさい。すぐに私が迎えに行こう」と言わなかったなら、間違いなくイネと結婚して一緒に暮らしていただろう。あんな苦しい時期はなかったよ。何回かイネがオーストラリアへ行っただろう。帰ってくる度にイネが少しずつ日本から離れてゆく恐怖があったなぁ。人生とは全く不思議な邂逅さ。一瞬のすれ違いで違った人生になる。

この間に、ウェイターが前菜、そして次はメインの肉を運んできた。イネは黙って食事をしたが、ちらちらと顔を上げては、目の前で意外なことばかり話す人を盗み見ていた。

引き返すことのできない昔のことを淡々と話すこの人を、恨めしく思いながらも、責める気持ちなど全くない自分にも気づいていた。

父が見つかる前から、私の彼への憧れを知っていたのだと驚いたが、時間を戻すことなどできないし、空港で見送ってくれた時の様子を見た父は、私のことを愛していると感じたという。「あの人もイネを愛しているよ」の言葉が、ほんとうだったのだと思うと、身体の中が温かいもので満たされるように、喜びでいっぱいになった。食事の味は全然わからなかったが、食後のコーヒーは戴きたいと頼んだ。

コーヒーのあと、ウェイターと小声で少し話し、こげ茶色の革の勘定書の間に、スッとカードを挟む仕草が都会的だと思いながら見ていた。

「さあ行こう。イネに見せたい物があるから、お出で」

席を立ち、後ろからイネの肩を押すようにして出口に向かう。

レストランのドアの所で、総支配人は本田に深々と頭を下げてから、イネにコートを着せかけてくれた。

「少し寒いけれど、すぐだから歩こう」

二人で並んで、賑やかな大都会、東京新宿のネオンに煌めく夜の街を歩いた。

父が見つかった二十六年前の雨の夜、レストランへ向かって歩いたことを思い出した。と同時に、本田が笑いながら言った。

「あの夜は、イネは僕の後ろを歩いてたね。何時でも僕の後ろを歩く。面白い娘だと思ってたよ。だから今夜は、意識してイネの横を歩いたんだ。駅からずっとだよ」

尚も笑いながらぴたりと横に並んで、そっとイネの手に温かい手を繋いできた。

巨大で立派なビルの、玄関の重そうな二重ドアがゆっくりと開いた。イネを先にして完全セキュリティーのロビーを抜ける。エレベーターホールでも、ガードマンが睨みを利かせるように立っているが、本田を見ると黙って深々と頭を下げた。

本田はエレベーターに乗ると、カードを入れて番号を押した。エレベーターを降りる時には、数字を操作するとドアが開いた。

オーストラリアの田舎に住んでいるイネには全く縁のないシステムだ。いずれ何処もこんな風になる日が来るのだろうか。超一流の大会社のビルは違うものだと思いながら、イネは黙って歩いた。見せたい物は一体何だろうと考えながら……。

角を曲がったドアの所で、彼が立ち止まる。

「ここだよ」

鍵とカードでドアを開けて、イネの背を押すようにして部屋に入った。ガッチャンと、重く小気味良い音を立てて、背後のドアが閉まった。

そのまま広い空間になって、大きな部屋の中央にある机の上の図面と、その横にある懐かしい匂いの図面台に、目が引きつけられた。胸が高鳴る。

「本田さん、これ、私がこれから探してみようと思っていたものです。何処に建てるんですか。顧客はどなたですか。現場を見せてくださいませんか」

ほとんど叫ぶほどの興奮だった。

「ハッハハッ、イネ、そう興奮するな」

本田は笑いながら両手をいっぱいに広げ、ゆっくりとイネを胸の中に抱きしめた。

「イネ、おかえり。ありがとう」


洗面所のティッシュで勢いよく鼻をかんで、ついでに冷たい水で顔を洗い、鏡に映る自分の顔を眺めた。

夕方から起こっていることが夢ではないかと、このままスーッと消えて無くなってしまうかもしれないと、戸惑いがまだ消えきらない。

ゆっくりと鏡の中の自分を見た。間違いない。夢ではない。もう一度確かめるように冷たい水で顔を洗い、さっぱりして広い部屋に戻って、漸くゆっくり部屋の中を見回した。

立派なオフィスだが、少し雰囲気が違うようだと気づいた。更に目を凝らすと、図面台のあるオフィスらしい部屋との間には境があって、二十センチほど高くなっている所に靴が揃えてある。ここが玄関になっているのだと判り、イネも靴を脱いで上がった。

正面に大きなソファーがあり、右側のオープンになっているキッチンに目を向けると、本田がお茶を載せたお盆を持ってくるところだった。

「ゆっくりしてくれ。僕の家だ」

三

イネは、父とアンのこと、二人の妹エリザベスとヘレン、そしてその家族のこと、二年前に退職したボブの会社での仕事、そして両親二人の愛がどのようにして始まり、どのようにして終わったのかを、父親に聞いた通りに話した。

それからオーストラリアへ移住後の二十二年余りの生活など、ゆっくりと順を追って本田に聞かせた。

父と犬三匹と一緒に引っ越したキャンベラで知り合って、友人になった日本人の女性のことも話した。父とも気が合ったらしく、よく訪ねてくれて、仲良くお茶の時間を過ごした。

その人は広島県呉市の出身で、いわゆる戦争花嫁としてオーストラリア人に嫁いできたという。もう十年も前に夫を癌で亡くして以来、今は一人暮らしをしていた。

暇だから遊びに来たと言っては、二、三時間お茶を飲みながら、思い出話を中心におしゃべりして帰って行った。

彼女の亡くなった夫は、オーストラリア海軍の軍医だったそうだ。太平洋戦争後に広島で知り合って親しくなり、朝鮮戦争のあと結婚してオーストラリアに渡った。

子供たちが小さい頃には、同じ海軍所属の親をもつ、近所の子供たちを集めて折り紙や習字を教えた。その頃はまだ日本人は敵国のなごりが強くて、隠れるようにして暮らしていたという。だから教えるのも、ごく限られた子供たちだけを対象にしていたらしい。

ところが彼女の孫たちの時代になると、様子は一変して、請われて小学校などへも教えに行くようになったという。

イネは、もし母が父と結婚してオーストラリアに来ていたならば、自分も全く同じ立場と環境であっただろうと想像し、何時も興味深く聞き入った。

「でも、そうなっていたら、私は貴方に出会うことはできなかったから、人の一生って何がどうなるか、ほんとうに不思議ね」

本田を見ると、何も言わないが眼だけが静かに笑っている。

そして、二ヶ月前にエアーズロックを初めて訪ねた話題も、楽しそうに聞いている。

駅のホームで、アボリジニの少女がくれた赤い土の塊を、大切に持ち帰り、ヘレンとボブに見せたのだ。彼女は、アボリジニの人々が伝統的絵画を描く時に使う土の絵の具で、オーカーと呼ばれているものだと教えてくれた。

これからヘレンと一緒にする仕事、設立したばかりの新しい会社のことも詳しく話し、相談した。

「どう思います、本田さんは？」

「素晴らしいじゃないか、やりなさい。イネの描く図面なら、必ず立派な家が建つよ。お客の喜ぶ顔が見えるようだ」

即座にそう言って、イネの手をとって握手をしながら、零れるような笑顔で頷いている。

イネは、本田の心がしっかりと自分を抱きしめていてくれることを知り、深く安堵していた。今まで一人で慕い続けた確信のないもどかしさから解放されて、突然洋々と前に向かって世界が拓けたようだった。明るい温かさとなって自分を包み込んでくれる、初めて手放しで甘えられる人を見上げた。そして、イネは訴えかけるように、心を込めて本田に向かって話し続けた。

三ヶ月前に父が亡くなった時、覚悟はできていてもやっぱり寂しかったのです。また独りぼっちになってしまった。今度はもう捜しても居ないんだ。ほんとうに独りになってしまった。そう思って暗闇にのみ込まれそうになりました。

そんな私を救ってくれたのもまた父でした。遺してくれた言葉、愛を思い出すことで、前を向けたのです。

父は病床でも、毎日のように「あの彼に会いに行け」と言い続けたんですよ。「五十を過ぎた女が、今後どうして生きて行くか決められないはずはない」とまで言って。「もしかしたら、この父がイネの人生を狂わせたのではないか」と後悔を漏らしたこともありました。「私が迎えに行かなかったなら、あの空港でイネを射抜くように見ていたあの人と、イネは幸せになっていたかもしれない」と言って。

父は気づいていたのです。空港にいらしてくださった本田さんの眼が、自分が母を追いかけて、夢中になっていた若い頃と同じ眼だったと、何回も言いましたから。

私は、本田さんによくして頂いた会社でのこと、そして最後に過ごした一晩の思い出だけで、充分幸せな二十二年間でした。

あの時間を持てたことを、ずうっと宝のように胸に抱いて生きてきました。私の一生の中で一番幸せな夜でしたから。その思い出があるから、寂しいけれど辛くはありませんでした。

私が二十五歳の春に、本田さんが室長として現れて、私の横に図面台を置いて仕事を始め、宜しくと挨拶してくださった時、何故だか物凄く緊張したことを覚えています。

本田さんの目の覚めるような仕事ぶりに、強烈な刺激を受けてからは、憧れを通り越してしまって、強い恋心が芽生え、自分を制御するのに格闘する毎日でした。

ですから、あの最後の夜に訪ねてくださったことに、ずうっと感謝していたのです。

父も、実際の母との交際は僅かに六年間だが、母と過ごした思い出があったから耐えられたと言っていました。

結婚したアンにもとても感謝していましたし、エリザベスやヘレンのことは別のことだと言いながらも、二人をとても愛していて、優しい人でした。

もちろん父には、愛する家族が一緒でしたから、何時も何時も母のことだけを考えていた訳ではありません。海軍では偉い人でしたから責任も重く、何といっても何時だって戦地で命を懸けていた訳ですから、女々しく別れてきた日本の女性のことばかりを考えている時間はなかったと思います。

だから、ほんとうのところは、父が何時も言ってたから会いに来たのではないんです。本田さん、貴方はあの夜、この感動を生涯忘れないと言ってくれました。だから私も貴方のことばかり考えて生きてきました。

そして気がついたらこの歳になっていました、と言いたくて来たのです。

「イネ、その本田さんはよしてくれないか。他人行儀でいけない。四郎でいいよ。男ばかり四人兄弟の末っ子で四郎だ。

兄三人には真面に考えて名前を付けているのに、また男の子だと判った時点で、両親は考えるのも嫌になったんだろうね。そのまま四郎で終わりさ」

「あら、私だって両親が二人でドライブした日に、あまりに稲がきれいな緑だったから、イネになったんだって」

「イネはきれいな名前だ。僕は大好きだよ。引き込まれて行きそうなほど澄んできれいな青い目に、イネという名前はよく似合う」

「それではお言葉に甘えて、シローと呼ばせて頂きます」

イネは少し気取って頭を下げておどけた。そうでもしていなければ身の置き場がなくて困った。彼が、あまりに真剣に自分を見ているために。


どんなに想っても、一緒には生きられない人生の方が多いのかもしれない。それほどの想いはなくても、何の問題もなく一緒に住んで、孫も居る人生が普通なのかもしれない。

僕は見合い結婚だったんだよ。父方の伯母の薦めで見合いをしたんだ。家も近いし、美弥はとても感じの良い娘だった。

短大を出てすぐの溌剌とした、魅力的できれいな女性だった。両親の薦めもあったから見合いのあと、半年で結婚した。

僕よりもずいぶんと若かったし、あまり会っている時間も無いままにすぐ結婚してしまったんだ。だから、お互いに理解し合えるほどにはならなかったというのは弁解になるのだが、あの当時は、また同じような辛い思いをするのが怖かった。惨めな形で家族を失ったからね。もし、もう一度一緒に暮らす人が居るとするなら、それはイネしか考えられなかった。

いよいよイネがオーストラリアに移住するための手続きが具体的に始まってしまうと、焦っていた気持ちもだんだんと諦めに変わってきたよ。いや、もう遅い、遅過ぎるぞ四郎、と自分に言い聞かせる慰めの日々だった。

イネのことを宝だ、エンジェルだと言う父親の所に行かないで、僕と一緒になってくれ、愛しているのだ、とは言える訳がないだろう。しかも僕が幸せな家庭を営んでいると信じているイネに向かって。とても言えやしなかった。

しかし、送別会のイネを見ている時に、悲しくて辛くて息ができないほど苦しくなって、暫く席を外していたんだ。社長が張り切っていたから助かったんだが、彼も寂寥の思いだったのだろうと思うよ。

送別会が終わって、あっという間にイネは帰ってしまうし、日本を離れる前に、一度会いたいと言いたかったが、その暇もなかった。

そして、僕にしては上出来の考えが浮かんだ。寿司を買って持って行って、一緒に食べようと思いついたんだ。僕もほとんど食べなかったけれど、イネは全然食べていなかったからね。

どういう訳か電車に乗る気がしなくて、寿司を買ってタクシーで信濃町の駅まで行って、公衆電話から電話したんだ。どうか居てほしいと藁にもすがる思いで、かけたんだよ。

何とかして、今夜のうちにイネに会わなければならない、このまま会わずに、永久に別れることはできないと、焦燥にも似た恐怖で、顔は真っ青になっていたと思う。

「貴方をずうっと慕ってきたのだから、今夜は一緒に居てください」というイネの叫びは、今でも僕の胸から消えることはない。

あの感動は日を追うごとに、胸の中に生き生きと蘇る。今日まで独りで居たことが証になるだろう。

イネを抱いた瞬間から、この人の他には妻は居ないと決めたんだ。それからだよ。心の中のイネに話しかけるようになったのは。

今日はこんなことがあったとか、バレンタインデーにいっぱいチョコレートをもらってきて、「イネ妬けるかい」と。こうなるともう長年一緒に暮らした老夫婦のような会話で、一種の喜劇だった。いや最高の悲劇だよ。

自分のアパートの中だから誰も聞いてはいないが、もし誰かに聞かれたなら、僕がおかしくなったと思っただろうねぇ。ほんとうにイネがそこに居るように話しかけていたんだから。

僕には、一緒に暮らせないことは判っていたし、生涯のうちにまた会える日が来る保証はなかった。それでもどうしても会いたくなれば、オーストラリアへ行って会うこともできるのだと、自分を慰め励ました日もあった。そう考えることで苦しみから少しは解放されようとしたんだ。

旅行会社へ行ってシドニー行きの切符を買おうと何度も思ったし、実際に、旅行社の前を行ったり来たり、うろうろと歩いたこともあるんだ。

出張でもあればと思ったが、アメリカとヨーロッパには数えきれないほどの機会があったのに、僕にはオーストラリアへの出張はなかった。資料部の部長は何回も行ってるのにね。イネの居ない辛さの分だけ仕事に打ち込んだよ。仕事があったから耐えられたんだが、またしても夢中で働いたよ。今度は誰に文句言われることもないからねぇ。

だから会社の中でも暫くは孤立してしまったし、僕についての良い話などは何もなかった。仕事についてはともかく、個人的なことでは何とも情けない噂ばかりで呆れたけれど。不思議に大して気にならなかったなぁ。そんなことはもうどうでもよかったし、仕事そのものが面白くて面白くて、会社で仕事している時は、寂しいなどということがなかった。一番良い仕事をしたのもその頃だと思う。大会社だからねぇ、噂も大きくなる。社内では若くて重役になった僕の噂をしていることも知っていたが、もう何にも気にならなくなっていた。私的なことに触れてくる人はあまり居なかったけれど、それでも時には、取締役会議のあとの酒の席なんかでね、「嫁の居ないのは困るだろう」と言われて、何処の誰かも判らないような人を推しつけられそうになったこともあったんだ。そんなことが何回もあって逃げ回ったよ。

今の社長が僕の大学の先輩でね。こいつが悪い奴でねぇ。以前から僕をからかうために、いい加減な女性を連れてきては「本田、お前の奥さんになりたいという人を連れてきたから、今夜から奥さんにしてやってくれ」と言って、酒の肴にするわけ。最初の頃は、真っ赤になって僕が怒るから、余計に面白がってよほど変なのを連れてくるんだ。

漸く鈍感な僕もそれに気がついた。あとはもう気も楽になって「はい、はい。ではそのうちに考えてみますから、今夜は勘弁してください」と素直に言うようにしたんだ。そうなるとからかう気力も無くなるようで、僕の顔を見ると「くそ面白くもない」と罵るんだけど、「社長がそんなこと言って遊んでいると、大会社と言えども潰れますよ」と、反対に脅してやるんだ。

以来、僕の顔を見ると「この馬鹿野郎、恩知らず」と口汚く罵っているけれど、結構青くなって、この頃では仕事に精出してるみたいなんだ。イネも知ってるように、建築業界は今、たいへん厳しい時代だからね。

僕は、絶対に嫁はもらわないと強い調子で言って、皆に唖然とされたけれど、ここ数年は、だんだんと会社の中でも僕を見る目が変わってきて、今ではかなり楽になってきているよ。

何時の日か、イネが訪ねてくれる日まで、何時までも待ってみようと決めたあとは、落ち込んでいた気分が少し明るくなってきた。僕からは、離婚していることなど今更言うことはあるまい。イネの気持ちだけを尊重して待ってみようと決めたんだ。

そうは言っても、不安で堪らない日が幾日か続くこともあったよ。イネはもう結婚してしまったかもしれないと思ってしまい、気持ちが滅入ることもあったし、きれいなイネを、オーストラリア人の男性が放っておくはずがないと思えてくることもあった。その思いを消すことさえも、咽喉の奥に何かが詰まったような息苦しさだった。

もしかして、取り返しのつかない間違いを犯しているのではないかと、後悔をともなって耐えがたいほど滅入る日が、繰り返し繰り返し襲ってくるんだ。

現実問題として、オーストラリアで結婚してほしいという人が現れるかもしれないと、そんな風に考えるだけで気が遠くなりそうだった。

やっぱりオーストラリアは遠過ぎたからね。三日ほどの連休には耐えられたが、長く続く連休となると耐えがたくて、酒を飲み、覚めると更に落ち込むという繰り返しで、ずいぶんと苦しんだよ。

すぐ上の兄夫婦が、甲府の山奥で小さな木工の工場をやっているんだ。兄嫁の実家もすぐ近くにあるので、山を分けてもらって始めたらしい。

兄嫁は結婚する前から焼き物をしていてね。夫婦で土と木の素晴らしさを知ってほしいと、工場の片隅には木工細工を置き、陶器の窯を据えて体験式アトリエもある。休日だけ観光で来る人たちに向けてオープンしたんだ。

もう十五年くらい前になるけど、この小さなアトリエ工場が人気になってね。忙しいから手伝ってくれと言われて、長い連休は手伝うようになったことが良かった。暫くは気も紛れたしね。


人と別れることが、こんなに苦しいものだとは思わなかったよ。美弥が出て行った時も、僕の人生で初めての別れだったから辛かったけれど、あの辛さの中には、美弥にも自分に対しても表しようのない怒りがあった。

それに娘二人との別れもあったからね。何故自分だけがと、取り残されたような複雑な憤りに苦しんだ。

悲しいというよりも腹が立って仕方がなかったんだ。僕は初めて心から他人を憎んだよ。あんなニヤけた若造に女房を寝取られた自分に、一番腹が立った。

イネに対しては、真実を言えずに全てを隠す自分の心が醜く思えて、よほど辛かった。同じ別れでも、イネとの別れは全然違っていたんだ。ただ辛くて、切なくて、悲しくて、寂しくて、心臓が張り裂けそうだった。

でも解っていたような気がするよ。イネが生涯、僕だけを想ってくれるだろうと。以前よくイネは泣いただろう。声も出さずに下を向いて泣いていた。ああいう時は、僕も一緒になって泣きたかったんだ。

今こうして語るのも恥ずかしいばかりの女々しさだなぁ。この真っすぐな正直さが、あの当時、イネがオーストラリアに行く前にあったなら、僕の人生も違ったものになっただろうね。

毎日の後悔はただこの一点に尽きる。

「女房とは離婚している。そして今僕は、イネ、貴女を愛している」と、どうして言えなかったのか。毎日隣で仕事をしていたのだから、いくらでもチャンスがあったのに。

お父さんが見つかった日は、正直言うと、僕にとって一番辛い日だった。ああ、これで僕の恋も終わったと思った。

終いには、イネのお父さんにさえも嫉妬して、僕のお嫁さんになる人を攫って行ったと恨んだりもした。イネを取り返しに行かなくてはと。

――取り返しに来てくれればよかったのに――イネは心の中で呟いていた。

いずれにしても、今日の電話は嬉しかったなぁ。僕の人生でこの電話ほど嬉しい電話はないね。待ちに待った電話のイネの声を聞きながら、頭がぼうっとなった。夢なら覚めるなと祈ったね。胸が躍った。

イネらしい丁寧な話し方ではっきりと、僕に会うために日本に来たのだと言ってくれている。会って伝えたいことがあるのだと言ってくれている。やっぱりイネは来てくれたのだ。跳び上がって踊り出したいところだったよ。

秘書がじいっと見てたから我慢したけれど。それでもイネが指定してきた六時まではとても待ち切れなくて、五分後にはオフィスを飛び出していたよ。

秘書が後ろから何か言ったけれど、それどころではなかった。一秒でも早くイネを見たいと思ったんだ。早くしないと、またしてもイネを誰かに取られてしまいそうで、エレベーターの中でさえ焦っていた。

都庁の手前まで来た時に、イネが反対側を歩いているのが目に入った。昔と変わらぬ歩き方で、踵からそうっと体重がつまさきへ移動する静かな歩き方。僕は身体を壁に寄せて、ゆっくり歩くイネの姿を、二十二年分眺めていたいと思った。きれいなイネをずっと眺めてた。

長い長い話が終わっても、バルコニーを通して見える深夜の新宿の街は明るい。

「さて、今日は黙って出てきたので、皆が心配しているから帰ります」

「今夜は一緒に居てくれないか。二十二年も待ってたんだから」

立ち上がったイネの腕を摑む手が熱い。

「オーストラリアに帰る日までここに一緒に居てくれないかい……。お願いだ」

もう、溢れる涙を止める方法はなかった。

四

「年老いた母に会ってくれないかい。長年心配をかけたから、最後に親孝行をしたいんだ」

　明くる朝、病院の叔父と紀尾井町の叔母への挨拶が済むと、本田はそう言ってニッと笑った。

「親父は今年七回忌だったんだ。末っ子の僕のことを案じて逝ったと、兄が法事の席で心配そうに言ってたから、今日イネを紹介したら、家族みんな大喜びしてくれると思うんだ」

　イネは自分の歳を考えると、気恥ずかしいようにも思ったが、よく考えると本田の母親と兄夫婦に会うのだ。事の重大さに気がつき緊張してしまった。同時に湧き上がってくる喜びもあり、半分訳も解らず頭を下げていた。

「宜しくお願い致します」

　その午後になって、本田は大工の棟梁の所へイネを連れて行った。長年の親友の新居、あの図面の伝統的な日本家屋を建てる棟梁を紹介してくれたのだ。

　本田はこの棟梁と話し合いながら、親友の希望するように図面を引いているらしい。一刻者の棟梁でよく叱られるのだと、笑いながらイネに囁いた。

棟梁の説明を聞きながら、身体から沸々と湧き上がってくる興奮を抑えるのに苦労した。話を聞きながら心の中で自然に、オーストラリアでの日本建築に思いを馳せる。

二日目からも、本田は日中は精力的にイネを連れ回った。ほとんどが典型的な日本建築だったが、材料に凝ったものを使っている珍しい建物も何軒かあった。

「そのうち噂が広がって、会社で大問題になるだろうなぁ」

嬉しそうに笑いながら、何処に行っても、僕の妻だと紹介してくれたのだ。誠に楽しそうであった。

「イネが、東京に居る間は休暇にしてあるから心配は要らないよ。今まで会社を休んだことなど一度もないからね。皆驚いているだろうなぁ」

始終、幸せで堪らないというか、暢気というか、ゆるんだ顔の本田が、一度、見たことのない表情をしたので、イネは少し驚いた。

「あの忌々しい社長を二人で訪ねてみるか」

今までイネが知っている彼のどの顔とも違って見えた。よほどの信頼があるのだろう。イネには解らない絆があるようだった。

きっと彼を抜擢して重役の席に就けたのは、彼の言うその忌々しい社長が後ろ盾だったのではないだろうか。

二日目から夕食はイネが作り、本田が手伝った。二人で乾杯したワインの味は格別で、毎日が宴のようだった。

本田の家では、週に三回、月水金と家の中の掃除や食事など、手伝いに来てくれている人を雇っていた。十年も同じ人で、そろそろ腰が痛くなったので引退したいとイネにも訴えたが、なかなか良さそうな人だった。

父が逝ってしまって途方にくれたが、エリザベスやヘレンが助けてくれた。ヘレンとは一緒に住み、これからは一緒に仕事もする。

そして今は自分を支えてくれる心から信頼できる人がここに居る。イネを妻だと嬉しそうに誰にでも紹介する彼は、別人のように明るかった。

過ぎ去った二十二年間を、この二週間で取り戻したいとでも言うように、片時もイネから離れない。思いつく限りのアイデアを図面にとり、これからのイネの仕事の助けになればと、あらゆる角度から助言してくれた。

オーストラリアは、地震がないから建築の基準が違い、日本では最も重要な耐震強度や、使う材料にかなりの違いもある。一概には言えないがと前置きして、日本建築を取り入れる場合の木の選び方もアドバイスする。さらには、知っているだろうがと付け加えながら、原産のユーカリの素晴らしさも説く。乾燥した国だから、よほどしっかり計算してかかるべきだと問題点も挙げる。

「良い壁土があればいいのだけれど、オーストラリアは砂岩の国だからね。砂は良いけれど、土の粘りなどはどうかな。お米をたくさん生産しているから、藁は問題ないな。粘土もそれなりにあるだろうから」

独り言のように呟きながら、基本的なことや違いを一つ一つ丁寧に書き込んでくれた。


本田のオーストラリアに関する知識は、豊富で正確だった。中でも建築のこととなると、法律的な基準はもとより、地理的な制約から個々の条件に至るまで研究しているようだ。

特徴ある建造物、今は豪奢な有名ホテルになっている昔の大蔵省や中央郵便局などはもちろんのこと、今でも立派に機能しているシドニー市庁舎のホールやニューサウスウェールズ州立美術館などは、一八七九（明治十二）年、万国博覧会が開催された当時の開発拡張時代にできた。シドニー近辺の採石場から切り出されてくる美しく立派な砂岩で造られた、十九世紀の代表的建造物である。

二〇世紀になってからのシドニーハーバーブリッジやオペラハウスなど、オーストラリアを代表する観光名所にもなっている有名な建物についても、本田は詳細に調べていた。

例えば、予想もしなかった高度な工学技術を駆使して開通したハーバーブリッジ。この橋は、第一次世界大戦で中断されていたプランニングから、一九二三年に建設が始まって、九年後の一九三二年に華やかにオープンした。

あの当時に、八車線の車道と片側に広い歩道があり、反対側には複線の線路を通している。既に車社会を想定したもので、二十一世紀の今でも立派に機能している。

その膨大な英文の資料の片隅に、彼自身のものと思われる独自の橋梁計算までしてある。その数字を見て、イネが驚愕した時にだけ現れる、深い青みを帯びた目が光った。そして驚きはそれだけではなかったのである。

シドニーを中心とした、建築会社や設計会社などの会社資料を一つにまとめたファイルがあった。対象エリアは、首都のキャンベラはもちろん、メルボルンやブリスベンやアデレードなど州都まで広がっている。

その中にボブの会社のもあったのである。彼は一言もそれらしきことさえ口にしなかったから、イネも黙って話題になることを避けて日々を過ごしていた。この人の苦しんだ年月の長さと深さが目の前に突きつけられ、呆然となり、胸が締め付けられるように苦しくなって、顔を合わせることができなかった。

そして、特にある資料でギョッとなった。目を凝らした途端に、涙が迸り出て、抑え切れない感動でページを捲る手が震えた。彼がシドニーへ来て仕事をしながら住むための調査としか考えられないものだったから。

驚くべきことに、それにはイネさえも知らないようなシドニーの場末のアパートの賃貸の値段や、郊外からの交通の便なども、かなり正確に書き込まれていたのだ。


「もしも大学で良い講師になれなかったら、イネとヘレンの会社で雇ってくれないかい。面接試験が怖いけれど、少しは手を抜いてくれるだろう」

もうすぐ別れる寂しさをも和らげるような、この冗談を聞きながらイネは思っていた。彼は大学の講師になるのを断って、私のもとへ来てくれるのではないかと。

本田の性格から察するに、きちんと決定後に私に伝えるつもりなのだろう。失ってしまった長い年月を取り戻したいと考えていることが、手に取るようにイネには解るのである。

たぶん一年四ヶ月後には、昔あの大森建築設計事務所で机を並べていたように、今度はアデレードのH&Iアーキテクト株式会社の同じオフィスで、机を並べて図面を引いているかもしれない。そんな夢を見ていた。

イネの生涯で最も幸せな二週間はあっという間に過ぎた。今、帰りの飛行機の中で、最高に居心地の良い場所に漸く辿り着いたという余韻に浸っていた。

三週間前、不安な気持ちを抱いて、シドニー空港から東京へ向けて飛び立った時のことが、遠い記憶の中に霞んでゆくようである。

もしかしたら、神様が悪戯をしているのではないか。そうだ、きっと天国のお父さんとお母さんが二人で組んで、私を幸せにしてくれたに違いない。

「きっとそうだ。そうに違いない」

イネは独り呟いて、結論を出した。


これからは電話やメールで何時でも連絡が取れるから、何かあればすぐに飛んで行くと約束してくれた。

それに今年は、年末年始の休みが十日もあるから、お正月は一緒に過ごせる。そのお正月も三週間後にやってくるのだ。オーストラリアの、暑い真夏のお正月を楽しみにしていると言ってくれた。

十日ほど前、二人で旅行会社へ航空券を買いに行ったが、十二月二十八日の便は、既に売り切れとのことで買えなかった。本田はその夕方、秘書に航空券の手配を頼んでいたようだった。明くる朝には二十八日発の航空券が買えたと秘書から電話があり、本田がニヤッと笑った。

「旅行業者は変だなぁ。僕のような素人が買いに行っても売ってくれない。会社を通すと買えるんだから不思議だね」
何と遅い幸せだろうかと思うが、今の自分は誰よりも幸せなのだ。青い目の日本人が、胸を張って幸せな人生だと言える日が、漸く訪れた。今となっては辛かったことも全部一緒にして良い思い出と言える。可笑しなものである。

本田の他には誰も見送りには来なかったから、空港出発ロビーで最終アナウンスのぎりぎりまで、二人で並んで座っていた。

二十二年前、父とともに成田空港から旅立った時は、大勢の賑々しい見送りの人たちに囲まれていた。本田はずっと離れた所から、真っすぐにイネだけを射抜くように見ていた。目を離したら最後、消えてしまうかのように。一瞬たりともイネから目を離せなかったのかもしれない。今になって思うと、あの時彼の胸の内は、私の悲しみを遙かに超えていたのだろう。空港からアパートに戻って独りになると、大切な心の支えを失ってしまった寂しさに耐えられなくて、離婚後少しずつ量が増えていた酒だったが、あの夜は浴びるほど飲んで酔い潰れてしまったという。

「今だから言えるけれど、明くる日の日曜日は、痛む頭を抱えて一日中泣いていたんだ」
同じ時、イネは優しい父の腕の中で、心配事など何もなく喜び笑っていた。本田とは終わったのだと、はっきりと解っていたから、思い出だけを宝のように抱きしめて。

それが何ということはない。彼にはイネとの愛がはっきりとした形で始まったところだったのだ。信頼という、人生で最も美しい形で始まっていたのだ。


今度の再会でイネが手に入れたものは、計り知れないほど膨大なものになった。父と母が築き上げた愛情、つまり信頼という、誠に単純明快な相手を想う心が自分にも生きていたこと。そして本田のイネへの信頼も、揺るぐことなく二十二年も続いていたこと。すべてが感動だった。

お互いに住む国が違うことで、一万キロも離れた位置から、イネは本田のことを、過去にもらった宝を抱きしめるように、大切に心の中に秘めてきた。

本田は自身の心の中だけで、新しく始まったイネとの愛情を、親鳥が卵を抱くように温めてきたのである。

お互いが相手の気持ちを思い遣ることで、信頼し尊敬し合えた喜びが、体中を温かく満たしてくれる。本田のことを考えるだけで、瞼の裏に熱いものが込み上げてくる。

それにしても美弥という人は、どんな人だったのだろうか。今は幸せに暮らしているのだろうか。みんなそれぞれに違っても、寂しい思いは同じではないのか。人はみんな独りで、それぞれの道を生きて行くしかないのだと思う。

一人一人の悲しみも寂しさも、全部違って当たり前だが、その対処の仕方も誠にさまざまに違うようだ。人とは何と我が儘な生き物なのだろう。自分に都合の良いように解釈し責任を誰かに押し付ける。

イネにしたって同じことが言えるのではないか。

イネが生まれた頃が自分の人生のハイライトだと言い切った父と同じように、母も生まれくる子供を祝福し、父との別れのあとも慈しんで育ててくれた。

ところが、そんな祝福を受けて生まれてきたイネ自身は、三十歳を過ぎてもまだ自分の出生と運命を呪っていた。両親が望んだこととは些か違ってしまった。

美弥は夫以外の男性の子供を身ごもって、何と言って自分自身に言い訳したのだろうか。夫が昼も夜も仕事ばかりするから寂しかったと言ったそうであるが、ほんとうの自分を誤魔化すことはできなかっただろう。

ずいぶんと悩み苦しんだのではあるまいか。相手を信頼できない心の行き着く先には、悲しい結果と破壊だけが待っているというのに。

夫の心が何処にあるかを見極めることができずに焦り、働き過ぎて自分を顧みることもない夫との間に、距離ができていったのだろうか。

それとも、そんな時に幼馴染みだった人に出会い、自分のほんとうの気持ちが、何処にあるのかはっきりと見えたのかもしれない。小さい時から一緒に遊んだ思い出があり、しかも同年代だから話す内容にギャップがなく、全てを解り合える人に偶然にも再び出会ったのだから。

その時になって、何の心配もない心地良い日々が訪れたと感じたのなら、やはりどちらが良くて、どちらが悪いなどというものではなく、本田との相性の問題だったのかもしれない。

美弥が今、どんな生活をしているのか、二人の娘はあまり語らなかったという。幸せとは言いがたい日々であることは察しがついた。再婚した人との間に生まれた子供たち三人とも家を出て行って、長男さえも跡を継がないらしい。自分の思う通りに生きてきた人にも、幸せが待っているとは限らないのかもしれない。

本田の実家を訪ねて、彼の母と兄夫婦に会って昼食をご馳走になった時、先々代の大和屋の長女、今泉舞子の娘だと本田が紹介すると、母親は吃驚してイネをまじまじと見つめていた。

「まぁまぁ、それは何とも奇遇だこと。実家の父が、若い頃から大和屋さんとは絹糸の商売で仲良くしていただいていたのよ」

話はどんどんと昔に遡っていった。

「イネのおじいさんと僕のおじいさんは知り合いだったらしいなぁ」

本田も嬉しそうに囁いた。

江戸時代から絹糸や織物などの問屋だった大和屋と、この辺りの養蚕農家だった家々は皆繋がりがあったのだろう。

そして母親の語る若かりし頃の本田の姿も興味深かった。学校が休みになると山ばかり歩いていたそうで、本田らしいと思って明るい気持ちで聞くことができた。美弥が二人の孫娘を連れて出た時のことは、あの頃は可哀想で堪らなかったと、声を詰まらせて涙を拭きながら話してくれた。

「今は、二人とも幸せになったからとても嬉しいのよ」

二人が小さい頃には、美弥に隠れて何かと気をつけていたのかもしれない。隣町なのだから嫌でも噂は入ってきただろうし、息子の本田にさえも二人のことは内緒にして、きっと面倒を見ていたのだろう。

本田は、二人の娘たちに明日にも連絡し、そしてすぐに孫にも会いに行くだろう。イネが勧めた訳ではないが、これからは二人の娘のよき相談相手となるに違いない。

離れて暮らした長い年月を、きっと取り戻せるだけの愛情で結ばれる。良い親子となっていくだろう。

「二人は二年しか違わないからねぇ。仲がとても良かったようだ。お互い助け合い庇い合ったのだろうと、容易に想像はつくけれどね」

本田の目が潤んだのを、イネは見逃さなかった。

イネには、二人の孤独だった子供時代が、解り過ぎるほどよく解る。母親には再婚した人の子供が三人生まれたのだから、とても上二人のために時間は取れなかっただろうし、新しい父親に可愛がられたとは考えにくい。

どんなに辛かったことだろうと、自分のことのように胸が痛む。お父さんの所に帰りたいと思ったことも、数え切れないほどあったのではないだろうか。

「この夏に二人に会う約束をした時、娘たちはホテルのロビーで待っていると言ったんだ。いやいやレストランに入って待っててくれと言ったら、それでは、お父さんは私たちを見つけられないだろうと言ってね。僕が自分たちを覚えている訳はないと思ったんだろうなぁ。

小さい頃には二人とも僕に似ていたんだ。それが不思議なんだよ。益々僕に似てきていたから。残念だったなぁ、お母さんに似ていたら二人とも美人だったのになぁと、照れ隠しに言った途端、わぁっと泣き出してね。困ったよ、ほんとに」

本田の照れたような喜びの表情を見たと感じたのは、イネの考え過ぎではないだろう。

やはり親子だと思った。淡々と話していたが、優しい人だけに親子の苦悩が胸に染み透ってくるようで、イネはジャケットの袖の中の鳥肌を撫でるように、そっと両腕を組んだ。

私の方が、ずっと幸せな子供時代だったかもしれない。少なくとも母が必死で守ってくれた愛情は、誰にも比べようがない。

先の話だが、娘さんやお孫さんたちがオーストラリアに行きたいと言う時が来たら、夏休み冬休みを問わず、何時でも大歓迎で迎えてあげたい。是非にと言って別れてきたから、彼は必ず将来のことを考えてくれるだろう。

イネはもう既に、その日が楽しみで待ち遠しいような気さえしている。アンが自分の子供と同じように、時にはそれ以上に可愛がってくれたこと、三十歳を過ぎたイネを、まるで小さい子供のように慈しんでくれたことを思い出している。今度は私の番なのだと。

本田の娘と孫たちなら、私にも他人ではないのだから。


「今年は僕の人生で最高の年になったよ。八月には娘二人と二十五年ぶりに会って、長年の胸の痞えが少し軽くなった。そう喜んだところへ、今度はイネが二十二年ぶりに訪ねてくれた。待ちに待ったイネの声が電話から聞こえてきた時は、万歳という言葉を僕が使う日があるなら、今日のこの時だと思ったね。

僕の人生が僕の所へ帰ってきた日、神様が僕の元へイネを返してくれた日、最高の記念の年になったよ」

本田はその喜びを、何度も言葉にしてくれた。

イネにとっても、この度の日本旅行から持ち帰るお土産の大きさは計り知れない。あのアデレードの大地に降り立ってヘレンの笑顔を見たら、この大きなお土産をヘレンの前に並べてみよう。

イネが長い間羨望の気持ちで眺めていた、何でもあって一番幸せな夫婦と信じていた叔父と叔母は、嫉妬と疑いの中でお互いが牽制し合い、緊張した日々を過ごしてきたこと。

颯爽としていて、何時でもイネに勇気を与えてくれていた政子が、深い悲しみの中に居ること。

会社ではきびきびと仕事をし、リーダーとして皆に尊敬され、幸せな家庭だと信じていた本田が、苦悩の中にいたこと。

今になって漸く知ったことだが、人々の暮らしや家庭とは、何と虚構の中で築き上げられているものなのだろう。その築き上げられた枠の中で、苦悩しているほんとうの姿は、誰にも解らないのだから。

みんな行き違い、くい違う時間差の中で、もがいているのか。

イネも含めて十人居れば十の人生があり、百人居れば百の違った人生があるのだ。世の中に一つとして同じ人生がない。小さい頃から何時もイネ自身が問いかけてきた疑問についても、当然同じ答えになる。

世界中の人々の中で、誰一人として同じ人生はないのだ。

イネは子供の頃から不思議な感動を抱いてきた。みんな違うという事実に感動して、その中の一人なのだと思うことで安堵し、ホッとした瞬間、心に余裕が戻ってくる。イネは長い間、自分の心の中をそんなふうに眺めてきた。

それでも人は、独りでは生きて行けない。温かい家族が必要だし、親しい友人たちが居て、優しい恋人が居ればなお素晴らしいだろう。忍耐だけが人生だという人も居るけれど、イネはそうは思いたくない。楽しいこと、嬉しかったこともいっぱいあったのだから。

「もしかしたらウィリアムさんとお姉さんは、幸せな出会いだったのかもしれない」という叔父の言葉を思い返す。

父が語った、母への限りない愛情に嘘はない。母自身もイネを守ることで父への愛情を守り通したと言えるだろう。

自分の誕生が、両親の人生のハイライトだと言わしめたことを、イネは漸くこの頃になって、誕生から半世紀を経た今になって、身体の中から湧き出るような感動とともに、理解することができる。

二十歳前後の頃の、今思い出しても背筋の寒くなるような死への誘惑から何とか脱却することができてからは、前を向けるようになった。

中学二年で母親を亡くし、父親が生きているのか、死んでいるのかも判らずにいる時に、娘の自分までもが死を選ぶことはできないと気づけたのだ。漸くにして、生きることだ、精一杯生きることが、生まれてきた者の義務だろうと思い始めて、他人に迷惑をかけないで静かに生きて行こうと考えた。

この頃からだっただろうか。仕事にも興味が湧いてきて、トレースをしながら、建築という創造への魅力を感じ始めた時に、隣の席に本田四郎と名乗る技師が来て仕事を始めた。目の覚めるような仕事振りを目の当たりにして、感動の日々だったことを思い出す。素晴らしい創造者へ、ごく自然に憧れるだけだったイネの心の中に、抜き差しならない強さで本田に憧れる自分が生まれてしまった。

そして今、長い長い年月と距離を隔てて、一度も会うことなく過ごしてきたにも関わらず、本田は変わることなくイネへの深い愛情を持ち続けてくれた。それを知り、イネ自身も、このたった一つの愛を守り通して、最後に手に入れた信頼という大きな宝を抱きしめている。

人間の一人一人の幸せも苦労も、その人の中に住む心の問題なのだろう。

子供の頃からよく見た夢がある。出口のない深い谷間に落ちてしまって、助けを求めようにも方法が判らないのだ。誰も居ない独りぼっちに怯えて身体が冷えてゆく。

震えている身体を押さえている手が冷たくて、ああ身体ごと凍ってゆくのかと諦めがくると、心に余裕が生まれたように安心するのか、不思議と自然に目が覚める。

激しい動悸のあと、ああ夢で良かったと安堵すると、出口のない深い谷間は消えてしまい、朝の明るい光に包まれるのだ。

何故、私は今までこの怖い夢を見てきたのだろう。本田と過ごした二週間、一切この夢を見ることはなかった。心の中に棲みついたように見ていた夢から解放されたのだと、はっきりとした区切りを感じた。

私はもう、あの怖い夢を見ることはないだろう。幸せな人になったのだから。

私はもう独りぼっちではない。

シドニー国際空港で、国内線に乗り継いでアデレード空港に降り立った。初夏の暖かい太陽が輝く。ヘレンが零れるような笑顔で目の前に立ち、いっぱいに広げた両手でしっかりとイネを抱きしめて、そして、言った。

「ウェルカム・ホーム」

解説

中西仁美

誰でも、ある一定の歳を重ねていれば、その心の奥底に熱い想いを秘めた経験があるのではないだろうか。或いは、伝えられなかった想いを大切に仕舞ったままにしているかもしれない。

本作は、愛の物語である。主人公のイネは、戦後まもなくの日本で、イギリス人と日本人のハーフとして生まれた。その時代の日本で敵国人とのハーフとして生まれる事は、大変な苦労を背負う事を意味する。しかしイネは、母やその家族の愛に恵まれ、母親譲りの気丈さと、父親譲りの優しさを持ち合わせた素敵な女性へと成長する。

物語は、五十歳を過ぎたイネがザ・ガンというオーストラリア大陸の中心部を縦断する列車で旅をするところから始まる。父を看取り、これから新しいビジネスを始める前の休暇旅行。イギリスから来た夫妻とも仲良くなり、旅を満喫するイネ。読者は、作者の巧妙な筆致により、いつのまにかイネと共に旅を楽しんでいる。そして寝台列車のベッドで過去を回想するイネと共にその半生を追う。中学二年生で母を亡くしたイネ。母が死ぬまで明かさなかった自分の父親はイギリス人で、オーストラリアに住んでおり、父がまだ生きていると知ったのは何年も経ってからだった。やっと再会できた父に連れられてオーストラリアに移住し、二十年以上が経過した。発展著しいオーストラリアで建築士として十分な経験を積み、インテリア専門の妹と新しい設計事務所を立ち上げる。希望に満ちた未来だが、心の中には忘れられない人がいる。彼女の過去と現在が、まるで列車でタイムトラベルをするように繋がる。外灯のない真っ暗なオーストラリアのど真ん中を走る列車でこれまでを振り返るイネ。夜空のスクリーンに回想録が上映されているかのような錯覚を覚える。

作者は、二つの愛の物語、即ちイネの両親の物語とイネ自身の物語を器用に紡ぎながら物語を展開する。イネの両親は、お互い心から愛し合いながらも、母は別れを決意する。それもまた、軍人である父に対する母の愛だった。イネが父親と初めて会話をするシーンは何度読んでも涙が出てくる。その時、イネは父親がどれほど自分を愛してくれていたかを、初めて知るのである。そして自分もまた愛する人ができた事に気づく。しかし相手には家庭があると思い込んだまま、イネはオーストラリアで新しい生活を始めるのである。

私の専門分野の視点から、本作の日本とオーストラリアの都市開発や建築業界の背景についても、記しておきたい。イネが東京の建築事務所で働いていた時は、日本は全国総合計画のもと、経済発展及び都市計画・インフラ整備への投資が続いている時代だった。イネが想いを寄せる本田のように、その時期一流の建築士は、膨大な量の仕事をこなしていた。しかしその投資も九十年代にはピークアウトする。一方、イネが初めてオーストラリアを訪れた同時期（昭和五十五年・一九八〇）のオーストラリアの人口は、千五百万人にも満たず、経済発展も都市づくりもこれからであった。イネの移住時期は建築・都市開発業界でキャリアを積むという意味ではまさに絶好のタイミングであっただろう。

「諦めないこと」は、作者の全著書に一貫するテーマである。本作には、さらに「愛」という大きなテーマが加わった。一度は諦めた本田への愛をイネはどうするのか。イネの父は、イネの母舞子とは、ついに会えなかった。娘に自分と同じような思いをして欲しくない父は、イネがまだ本田を忘れていない事を見抜き、会いなさいと、死が近づくにつれて何度も娘に言う。そして本田も実は、イネに対する熱い想いを抱えたまま、遠く離れた東京で二十年以上の時を過ごしていた。読者は「イネには両親の分も想う人を諦めてほしくない」と、本田と結ばれる事を願いながら、読み進める。そしてそれをようやく成し遂げるイネ。諦めなければ、願いは叶う、想いは伝わる、という作者の強い思いが読者に届く瞬間である。イネの両親が出会った戦争直後に比べれば、多くの自由が許される現在、今さら「愛」なんて、と思うかもしれない。しかし、「愛」は今まで以上にかけがえのないものになっている。現在、新型コロナウィルスが世界中を脅威に陥れている。

このウィルスによる死者数は二〇二〇年七月時点で五十三万人を超え、北米、日本、オーストラリアでは、第二波と思われる感染者数の増加がみられる。多くの人が愛する人を亡くし、職をなくし、苦しい生活を強いられている。家族や大切な人への「愛」や、互いを思いやる心の大切さを、改めて感じた人も多いのではないだろうか。

作者の松平みな氏は、オーストラリアで活躍した日本人の物語の名手として知られる。代表作「穣の一粒」は、オーストラリアで初めて稲作を成功させた松山出身の高須賀穣の一家の物語で人気があり、松平氏の名刺替わりと言っても良い。「諦めない」というテーマは、作者の作家としての信念にも貫かれている。その姿が、イネと重なって見えるのは、私だけではないだろう。本作は、松平氏がその作家人生の、第二章の始まりを堂々と読者に宣言するものである。これからこの作家がどんな新境地を切り開き、私たちに見せてくれるのか、楽しみで仕方がない。

二〇二〇年七月

学者（都市・土木計画学）

あとがき

病を得て人生を諦めかけた時に書き始めたが、当時、机に向かうこともできず諦めた小説「ひとすじの愛」が、今漸く完成した。十数年を要したことになる。

この小説の主人公・イネは、筆者の若い頃の友人をモデルにしている。父親を訪ねてイギリスに渡るが、上手くゆかなかったようで傷心のまま帰国し、半年後にひっそりと命を絶った。されど、〝主人公〟には諦めることなく幸せを手にしてほしいと願い、この物語が生まれた。友人が幸せを摑む姿、それを見ることが筆者の夢だったのかもしれない。

この本を、天国の彼女に贈りたい。

ただ生きているだけで人生は素晴らしい、という人も居るようだが、筆者にとって目的を失って生きることは苦しいものだ。元来怠け者なのだが、遠くでもよいので先に灯りを見つけて、それに向かって歩いて行きたい性分であるようだ。

それは自身のトンネル好きとも通じる。暗いトンネルの中で、遙か遠くに微かに見える灯りを目指して走る時が、一つの答えを求めて突き進む時の感覚と重なり、好きなのかもしれない。これは、昭和生まれの人々が感じていた明るい未来への希望とも似ている気がする。今となっては懐かしいばかりだが。

今回も長い道のりだったが、一つの灯りに到達した。苦しい人生にしないためにも、次の灯りを求めているところだ。できればこれからも書き続けたい。

キャンベラ大学で研究を続けている友人、中西仁美さんに以前、次の小説があるなら、解説を書かせてほしいと頼まれ、快諾をしたのだが、どんなものを書いているかの説明も何もしていなかった。

そして校正の終わった原稿を送ったら、早速に解説が届いて、二人でその偶然に驚いてしまった。建築家のイネと、現在、都市計画を担当している中西さん。彼女たちが活躍している舞台はオーストラリアである。見事な巡り合わせだった。

今回も愛媛新聞サービスセンターさんの、多大なご協力を得ることができて出版することが決まった。感謝しか無い。編集・校正を担当してくださった、阿久津素子氏に衷心よりお礼を申し上げたい。

二〇二〇年七月吉日

松平みな

著者略歴

松平みな
Mina Matsudaira

オーストラリア在住。
著書に『地上50センチの世界』『天へ落馬して』
『穣の一粒』『偶然の点の続き』

1987年4月　オーストラリアへ移住
　　　　　　教鞭を執る傍ら、ボランティア活動に没頭する
1998年9月　「環太平洋協会」を設立し、理事長に就任
2003年5月　オーストラリア政府よりCENTENARY MEDALを授与
2008年7月　理事長を辞し生涯理事に就任、現在に至る
2017年1月　『穣の一粒』が第32回愛媛出版文化賞奨励賞を受賞

ひとすじの愛
令和2年10月25日　初版 第1刷発行

著　者　松平 みな
編集発行　愛媛新聞サービスセンター
〒790-0067
愛媛県松山市大手町一丁目11番地1
電話　089(935)2347
印　刷　アマノ印刷

ISBN978-4-86087-151-2 C0093